Les Mésaventures de Grosspafine

1. La Confiture de rêves

Catalogage avant publication de Bibliothèque et Archives Canada

Bernard, Marie Christine, 1966-

La confiture de rêves

(Caméléon)
(Les mésaventures de Grosspafine)
Pour les jeunes de 10 à 12 ans.

ISBN 978-2-89428-953-2

I. Titre. II. Collection: Bernard, Marie Christine, 1966- . Mésaventures de Grosspafine.
III. Collection: Caméléon (Hurtubise HMH (Firme)).

PS8603.E732C66 2007 jC843'.6 C2006-942179-X
PS9603.E732C66 2007

Les Éditions Hurtubise HMH bénéficient du soutien financier des institutions suivantes pour leurs activités d'édition:

- Conseil des Arts du Canada;
- Gouvernement du Canada par l'entremise du Programme d'aide au développement de l'industrie de l'édition (PADIÉ);
- Société de développement des entreprises culturelles du Québec (SODEC);
- Gouvernement du Québec par l'entremise du programme de crédit d'impôt pour l'édition de livres.

Éditrice jeunesse: Nathalie Savaria
Conception graphique: Mance Lanctôt
Illustration: Anne Villeneuve
Mise en page: Martel en-tête

Éditions Hurtubise HMH ltée
Téléphone: (514) 523-1523 - Télécopieur: (514) 523-9969
www.hurtubisehmh.com

ISBN 978-2-89428-953-2

Distribution en France
Librairie du Québec/D.N.M.
www.librairieduquebec.fr

Dépôt légal/1er trimestre 2007
Bibliothèque et Archives nationales du Québec
Bibliothèque et Archives du Canada

Imprimé en mars 2007 au Canada

Marie Christine Bernard

Les Mésaventures de Grosspafine

1. La Confiture de rêves

Marie Christine Bernard

L'univers unique de Marie Christine Bernard aurait pu être le fruit d'un croisement entre ceux de Lewis Caroll et de J. K. Rowling. Ses histoires, peuplées d'une ribambelle de personnages aussi rigolos qu'étonnants, sont racontées dans un langage qui n'appartient qu'à elle, rempli de mots inventés et d'expressions colorées. Dans ce conte pour petits galopins, les héros vivent des aventures pleines de rebondissements où règne une atmosphère d'espièglerie des plus rafraîchissantes, et où la magie ne se trouve pas que dans la marmite…

La Confiture de rêves est le tout premier titre de la série «Les Mésaventures de Grosspafine».

À Mia et Louis, mes filleuls

À Angela, qui va à l'université

1

Ragoût de limaces et mauvais rêves

Il était une fois, dans un pays pas si lointain, un château avec un roi dedans et un village à côté. Le roi, personne ne le voyait jamais, mais on ne s'en faisait pas trop avec cela puisque tout, absolument tout, dans ce royaume, était parfaitement ordonné. C'est vrai, comme je vous le dis : jamais personne ne faisait de mauvais coup, pas le moindre petit voyou pour jouer des vilains tours aux voisins grincheux, pas de malcommodes qui réveillaient tout le monde en pleine nuit en chantant trop fort, rien. Pas de surprises non plus, vous devinez bien, jamais de surprises, ni bonnes ni mauvaises : tout était toujours prévu. Ainsi, dans le petit village dont je vous parle, chacun vaquait à ses occupations quotidiennes sans s'inquiéter des imprévus. Tous les villageois menaient une vie, ma foi, réglée comme du papier à musique.

Aux abords de ce village, dans une petite maison blanche toute pareille aux autres, habitait incognito une très, très-très-très-très, très, très Vilaine Sorcière. Personne ne savait que c'était une Vilaine Sorcière, car elle essayait de passer inaperçue et de vivre comme tout le monde avec son vieux matou jaune qui s'appelait Jaunisse. Tout le monde avait un animal domestique : on avait droit à un chat, un oiseau ou un hamster, mais surtout pas à un chien parce que ça aboie et que ça peut déranger les voisins. Cette Vilaine Sorcière, donc, ne voulait surtout pas qu'on l'attrape et qu'on lui apprenne les bonnes manières ! Alors, elle allait faire ses commissions à l'épicerie du village à onze heures le jeudi matin, comme tout le monde, et se faisait du pâté chinois le vendredi, comme tout le monde, au lieu d'utiliser son grand chaudron pour cuisiner de la soupe aux yeux de zombie ou du ragoût de limaces aux pissenlits. Hmmmm ! du ragoût de limaces aux pissenlits ! Quand elle était petite, c'était son plat préféré. Mais maintenant, il ne fallait plus y songer. Elle voulait tant avoir l'air d'une Personne Ordinaire qu'elle chantait même dans la chorale des Super Grand-Mamans, comme toutes les vieilles dames du village, le samedi après-midi.

Sauf que c'était peine perdue. On est une Vilaine Sorcière ou on ne l'est pas ! Son pâté chinois contenait tellement d'oignons et de poivre que cela lui donnait une haleine épouvantable, d'autant plus qu'elle ne se brossait jamais les dents, qu'elle avait toutes sales et cariées ! Pouah ! Quand elle faisait semblant de sourire, c'était vraiment atroce. En fait, elle ne se lavait jamais tout court, et elle sentait terriblement mauvais, surtout des pieds. Et je ne parle pas de sa présence dans la chorale des Super Grand-Mamans ! Une véritable catastrophe ! On l'avait placée en avant pour que sa détestable haleine ne gêne pas les autres chanteuses. Mais évidemment, elle était incapable de chanter juste. Alors, quand elle entonnait, de ce qu'elle pensait être sa plus belle voix, « Au clair de la lune, mon ami Pierrot », le public se bouchait les oreilles et se retenait pour ne pas se sauver en courant. Et ce n'était pas le pire. Vous ne l'avez pas vue ! Imaginez quelqu'un qui aurait l'air d'une grand-maman à l'envers, une vieille bonne femme avec la peau toute jaune, un long nez pointu et poilu, des grands pieds tordus, des vieux doigts crochus, rajoutez la mauvaise odeur et la voix de fausset, et vous avez le portrait de celle dont les gens du village n'osaient jamais s'approcher à moins de dix mètres. Mais ça ne les empêchait pas de rire souvent d'elle et de son vieux matou rabougri ; cela la mettait dans de telles colères ! Oh, la, la ! Une chance que les gens ne savaient pas qui elle était vraiment, car alors ils auraient eu terriblement peur. Une Vilaine Sorcière, pensez-vous ! Tout le monde les craignait, elles étaient tellement imprévisibles et désordonnées ! Mais puisqu'ils ignoraient sa véritable identité, les gens du village ne se privaient pas de rire d'elle. Ce qu'ils trouvaient le plus drôle, c'était son nom. Est-ce que je vous ai dit son nom ?

Non ?

Elle s'appelait Grosspafine. Oui, bien sûr, vous aussi cela vous fait rire. Mais lorsqu'elle était une petite fille Vilaine Sorcière et qu'elle vivait dans la Forêt avec ses parents, le Vilain Sorcier Pouftupu et la Vilaine Sorcière Crottdenée, ce nom ne faisait rire personne : tout le monde dans la famille avait un prénom de ce genre-là. Et en plus, pour une jeune Vilaine Sorcière, se faire appeler «grosse pas fine», c'était tout un compliment! Parce que ses parents étaient horriblement fiers d'elle. «Oh! Regarde comme elle est affreuse!» roucoulaient-ils tendrement en la regardant faire ses jolies polissonneries. Alors, pour leur plaire, elle faisait des grimaces encore plus dégoûtantes, se décrottait le nez en public, disait des gros mots, faisait pipi dans les coins... Jamais des parents Vilaines Sorcières n'avaient été aussi fiers de leur enfant.

Mais un jour, les chevaliers du roi, accompagnés d'une ou deux Bonnes Fées, attrapèrent ses parents Pouftupu et Crottdenée, son petit frère Ptitrognon et son grand-père Grôpette, et les envoyèrent se faire montrer les bonnes manières à l'École des Bonnes Manières (justement). Or, ce jour-là, au moment où sa famille se faisait enlever, Grosspafine était en train de cueillir des champignons vénéneux pour parfumer l'omelette aux œufs de dragon prévue pour le souper. Les chevaliers du roi étaient donc repartis sans se rendre compte qu'ils n'avaient pas attrapé toute la maisonnée. Alors, quand elle revint à la maison, elle ne trouva personne, évidemment. La porte était fermée à clef, et l'on avait cloué dessus une feuille de papier sur laquelle on pouvait lire ceci :

« Oyez ! Oyez ! La famille de Vilaines Sorcières qui vivait ici a été envoyée apprendre les bonnes manières à l'École des Bonnes Manières. Ils seront de retour dans quelques semaines, tout à fait guéris, et les gens du comté n'auront plus à vivre dans la crainte de les voir faire des choses IMPRÉVISIBLES. »

Grosspafine ne savait pas encore lire à ce moment-là, mais elle devina ce qui s'était passé, parce que son grand nez poilu était capable de sentir l'odeur des chevaliers du roi, et surtout celle des Bonnes Fées, qu'elle détestait et dont elle avait très peur, parce que des histoires horribles circulaient à leur propos parmi les Vilaines Sorcières.

Alors, elle se mit en colère et tapa du pied en grognant, mais cela ne fit pas revenir sa famille.

Elle cria des gros mots jusqu'au ciel, mais cela ne fit pas revenir sa famille.

Elle jeta un mauvais sort sur le château, mais cela ne réussit qu'à faire pousser du poil entre les orteils des serviteurs du roi, et cela ne fit pas revenir sa famille.

— Tant pis, se dit-elle. Je resterai toute seule. Et il n'est pas question que je me fasse attraper et montrer les bonnes manières. Alors je vais partir d'ici !

Et c'est ainsi qu'elle vint habiter au village avec Jaunisse, où elle vécut tranquillement durant plusieurs années en cachant sa véritable identité. Le fait qu'elle vive toute seule, étant enfant, n'alarma personne outre mesure puisqu'elle faisait croire que sa mère-grand très malade habitait avec elle. Elle grandit donc en paix et alla même à l'école avec les autres enfants, qui se tenaient loin d'elle parce qu'elle sentait vraiment trop mauvais. Elle ne se fit jamais d'amis parmi les enfants du village, mais l'école lui permit d'apprendre à lire, à écrire, à compter et, surtout, de voir comment vivaient les Personnes Ordinaires pour pouvoir faire comme elles et passer inaperçue. Quand elle fut assez grande pour que le fait de vivre toute seule n'attise pas les curiosités, elle déclara que sa pauvre mère-grand était morte, laissa les voisins lui offrir leurs condoléances et continua de vivre tranquille en respectant les lois du royaume et en ayant l'air le plus poli possible quand elle était en public.

Mais pour une Vilaine Sorcière qui n'a pas appris les bonnes manières, c'est très difficile d'avoir l'air d'une Personne Ordinaire, et surtout dans ce royaume-là, où tout le monde faisait toujours comme tout le monde. C'était pour elle un effort énorme, tous les jours, que de s'empêcher de jouer des tours, ou de faire des grimaces, ou de se décrotter le nez en public, ou de dire des gros mots, ou de faire pipi dans les coins. Bref, elle avait bien de la difficulté à garder ses mauvaises manières pour elle. Et, à mesure qu'elle vieillissait en retenant ses mauvais penchants, son cœur devenait plus amer que du sirop contre la grippe, plus dur qu'une vieille gomme balloune oubliée depuis l'Halloween de l'année dernière, plus froid que le siège d'une balançoire au mois de janvier. Petit à petit, elle se mit donc à faire des cauchemars.

Au départ, cela ne l'inquiéta guère. C'est normal, quand on n'est pas capable d'exprimer une émotion dans la vie de tous les jours, que celle-ci revienne dans nos rêves. C'est pour cela que c'est important de dire ce qu'on ressent. Grosspafine, elle, s'empêchait continuellement d'être elle-même. Alors, la seule façon possible pour elle de laisser sortir les idées de gestes imprévisibles qui lui remplissaient la tête, c'était d'être malcommode en rêve. Et plus elle devenait vieille, plus elle devenait malcommode. Alors, ses rêves étaient de plus en plus effroyables. Bon... Oui... Vous allez me dire que faire des cauchemars, pour quelqu'un d'aussi vilain, ce n'est pas si grave. Et que c'est même la moindre des choses. Je suis bien d'accord. Sauf que Grosspafine, elle, ça l'empêchait de dormir. Et ça, c'était grave!

Au début de notre histoire, la pauvre Grosspafine n'avait pratiquement pas dormi depuis deux ans. Oh, elle dormait un peu, bien sûr, sinon elle n'aurait pas eu de mauvais rêves. Même qu'elle serait peut-être morte de fatigue pour de vrai au bout du compte, si elle n'avait pas dormi du tout. Mais aussitôt qu'elle trouvait le sommeil, elle rêvait de quelque chose d'abominable et se réveillait en sursaut. Par exemple, elle rêvait qu'elle faisait bouillir des petits enfants en bouse de vache dans sa marmite (ça c'était la partie «beau rêve»), puis elle se rendait compte que c'était elle que les enfants faisaient bouillir en chantant à tue-tête:

— Tu n'es pas comme les autres! Tu n'es pas comme les autres!

Alors, évidemment, elle s'éveillait en hurlant. Et après, elle avait tellement peur qu'elle n'arrivait plus à se rendormir. Imaginez : une Vilaine Sorcière si malcommode que ses propres vilaines pensées lui faisaient peur ! Même que, certaines nuits, elle ne dormait pas du tout, tant elle craignait de faire des cauchemars. Je ne fais pas de blagues. C'en était au point que Grosspafine avait peur d'avoir peur. Alors elle ne dormait à peu près plus.

Elle se mit à maigrir. De grands cernes bruns apparurent sous ses yeux. Sa peau se mit à verdir dangereusement. Ses joues ridées se creusèrent. Son nez devint encore plus long et plus poilu. Elle avait toujours mal à la tête et faisait à son chat de terribles crises de colère. Elle dépérissait de jour en jour. Même qu'un bon matin, son vieux chat jaune lui fit remarquer qu'elle n'avait pas du tout l'air dans sa marmite.

— Tu as raison, Jaunisse, s'écria-t-elle de sa voix cassée. Si ça continue, je vais tomber sérieusement malade. Il faut que je fasse quelque chose.

La nuit venue, elle se rendit en cachette à la Grande Bibliothèque de Magie Noire, qui se trouvait dans une grotte oubliée de tous au fin fond de la

Forêt Profonde, et où elle savait qu'une Vilaine Sorcière pouvait trouver toutes les réponses aux questions qu'elle se posait. Et là, elle chercha dans *l'Encyclopédie des Remèdes Maléfiques* un antidote à ses cauchemars. Elle dut chercher longtemps, longtemps, longtemps, et en éternuant souvent, car depuis le temps, une bonne épaisseur de poussière s'était déposée sur les volumes. C'était une énorme encyclopédie qui comptait 92 volumes et qui ne supportait aucun classement. Bien sûr, toutes les connaissances y étaient, mais sans aucun ordre. Tout était mélangé ! Pire : chaque fois qu'on reprenait un volume pour vérifier quelque chose qu'on avait lu un peu plus tôt, le mot avait changé de place ! Vous imaginez ? Vous vous rappelez, par exemple, avoir vu une belle image à la page 14 du cinquantième volume, et quand vous rouvrez le livre pour la montrer à votre ami, elle n'est plus au même endroit et il faut la chercher à nouveau ! Ce ne fut donc qu'au bout de deux jours et trois nuits que Grosspafine trouva enfin ce qu'elle cherchait.

C'était une recette. Une recette de confiture. Pas de n'importe quelle sorte de confiture, pas de la confiture de fraises ou de framboises, non-non-non-

non-non, même pas de la confiture de rats écrasés ! C'était la recette de la confiture de rêves.

Elle se dépêcha de la recopier sur une feuille de papier avant que le livre ne décide de la changer de place, et s'en retourna chez elle en ricanant, faisant résonner dans la nuit son horrible voix grinçante.

2

Un ingrédient indispensable

Aussitôt arrivée chez elle, Grosspafine se dépêcha de sortir sa grosse marmite et sa grande cuillère de bois de leur cachette ; elle ouvrit toutes ses armoires pleines d'ingrédients étranges et alluma son poêle à bois. Elle mit de l'eau à bouillir dans la marmite et, en attendant les gros bouillons, elle sortit de sous sa jupe un rouleau de papier, le déroula, et lut à voix haute ce qui suit :

Confiture de rêves

Dans une marmite bouillonnante,
Versez quatre feuilles de menthe,
Trois crapauds encore vivants,

Un jet de bave de serpent.
Pendant que le tout décante,
Ajoutez si ça vous chante
De la morve de grands-parents
La texture améliorant.
Dans la marmite fumante,
Pour que le sort vous enchante,
Il faut mettre absolument
Les beaux rêves de cent enfants.

— Hmmmmm! Excellent! jubila-t-elle. Qu'en dis-tu, Jaunisse?

— Chhch! répondit le chat. Ils auraient pu mettre au moins un peu de poisson pourri dans cette recette! Les beaux rêves d'enfants, chhch! c'est dégoûtant, ça goûte le sucre et toutes ces sortes de choses qu'aiment tant les humains.

Et après avoir craché une dernière fois, il tourna le dos à sa maîtresse d'un air dédaigneux pour aller se rouler en boule près du poêle.

Haussant les épaules, Grosspafine marmonna que les chats ne connaissaient rien à la cuisine. Mais un bruit nouveau attira soudain son attention: «Bloup! Bloubloup!» L'eau bouillait maintenant à gros bouillons ! Un long sourire tout plein de dents noires étira les joues de la Sorcière. C'était le temps d'ajouter les ingrédients.

Dans un pot de terre, elle prit une, deux, trois, quatre feuilles de menthe qu'elle fit tomber une par une dans l'eau fumante. Il se répandit aussitôt dans la cuisine une délicieuse odeur de tisane. Mais cette bonne odeur n'allait pas durer longtemps ! Grosspafine ouvrit un grand bocal, le plaça au-dessus de la marmite et laissa sortir un, deux, trois crapauds qui – plif ! plaf ! plouf ! – sautèrent tout vivants dans l'eau bouillante. Rassurez-vous, ils ne souffrirent pas : l'eau était tellement chaude qu'ils furent cuits ins-tan-ta-né-ment. Sauf que, hou là ! Quelle puanteur ! Le crapaud bouilli, je vous jure, ça ne sent pas bon du tout. Mais Grosspafine, elle, trouvait que cela parfumait délicieusement toute la maison. Après que le dernier crapaud eut fini de fondre, elle pressa une vieille bouteille de ketchup et, dans un grand « prrrrffft », il en sortit un long jet de liquide visqueux et jaunâtre : c'était la bave de serpent. Enfin, elle ajouta deux cuillères à table de morve de grands-parents qu'elle mélangea bien pour épaissir la confiture. Et voilà, ça y était presque! Il ne restait plus qu'à ajouter les beaux r...

— Corne de bouc et poil de chameau! s'écria la Sorcière, en découvrant que l'espèce de salière qu'elle venait de secouer au-dessus de la marmite était vide. Les beaux rêves! Je n'ai plus de beaux rêves d'enfants pour ma confiture!

Complètement déconfite, la pauvre Grosspafine se mit à tourner en rond, se tenant la tête dans les mains en répétant:

— Oh non, oh non, oh non, qu'est-ce que je vais faire, qu'est-ce que je vais faire, qu'est-ce que je vais faire?! Je ne peux pas guérir mes cauchemars si je ne mange pas une rôtie à la confiture de rêves chaque soir avant de me coucher, et sans beaux rêves d'enfants, pas de confiture de rêves! Oh non, oh non, oh non! Qu'est-ce que je vais faire, qu'est-ce que je vais faire, qu'est-ce que je vais faire?!?!

Le chat jaune ouvrit un œil et miaula:

— Mais arrête de te lamenter, espèce de vieux débris! Tu n'as qu'à aller t'en chercher, des beaux rêves d'enfants. Le village est rempli de jolis petits enfants heureux qui rêvent à des choses merveilleuses toutes les nuits. Prends ton balai et va leur sucer leurs rêves pendant qu'ils dorment ! On n'a pas idée d'empêcher les honnêtes matous de dormir pour une stupide histoire de recette !

— Mais ouiiiiiii ! s'écria Grosspafine. Hihihihiiii, pourquoi n'y ai-je pas pensé moi-même ! Suis-je bête, suis-je bête. Hihihihihiiii ! Tu as raison, mon petit Jaunisse ! Ce village regorge de beaux enfants bien traités qui font sûrement de trrrrrèèèès beaux rêves. Hihihihiii ! Aaaah, Jaunisse, tu es un matou formidablement détestable, hihihi, formidablement !

Sur ces mots, elle enfourcha son vieux balai et zou ! sortit par la fenêtre. C'était l'hiver. Noël approchait, le froid piquait les joues et les maisons emmitouflées par la neige portaient de jolies lumières identiques. Dans leurs lits, les enfants du village rêvaient à leurs cadeaux de Noël, au petit Renne au nez rouge et à la Fée des étoiles, qui était la cousine de la reine des Bonnes Fées. Grosspafine n'aurait pu choisir un meilleur moment pour aller récolter des beaux rêves d'enfants. Dans chacune des cent maisons qu'elle visita, elle trouva au moins un enfant qui rêvait à quelque chose de merveilleux. Chaque fois qu'elle voulait cueillir un rêve, elle plaçait sa salière magique sous les narines de l'enfant et murmurait :

— Aspire, Salière, aspire ! Prends le meilleur et laisse le pire !

On entendait alors un drôle de petit bruit, un tout petit, petit bruit, comme un frisson de souris, et c'était tout. La Sorcière reprenait son balai et se rendait dans une autre maison. Et, dans la chambre qu'elle venait de quitter, l'enfant se retournait dans son lit, aux prises avec un cauchemar.

Juste avant le lever du soleil, la Vilaine Sorcière revint chez elle avec les fruits de sa cueillette malfaisante. Elle se dépêcha de saupoudrer tous les beaux rêves dans la marmite dont le contenu mijotait toujours. Une bouffée de vapeur rose et bleu monta jusqu'au plafond – pfouff ! – répandant dans la cuisine un parfum indescriptible où se mélangeaient la fraise, le kiwi, la mandarine, la rose, le lilas ; en fait, on aurait dit que toutes les bonnes odeurs du monde étaient mélangées dans cette marmite-là. Quand toute la vapeur se fut dissipée, Grosspafine entreprit de transvaser la confiture dans des petits pots. Elle y passa tout le reste de la journée qui venait de commencer. Quand elle eut fini, elle contempla les tablettes de son garde-manger avec satisfaction. Elles étaient remplies de petits pots.

— Aaaaaah ! dit-elle. Enfin ! Je vais pouvoir dormir comme il faut ! Vite, une bonne rôtie à la confiture de rêves et, hop ! Au dodo !

C'est ainsi que Grosspafine se débarrassa de son problème d'insomnie et qu'elle dormit ce soir-là comme un petit bébé, pour la première fois depuis des lunes. Et pendant plus d'une semaine, elle ronfla, telle une bienheureuse, jour et nuit.

Mais du côté des enfants du village, ça n'allait plus du tout. Tous en même temps, ils s'étaient mis à faire des cauchemars. Même plus moyen de rêver au Père Noël ni à toutes les bonnes choses qu'on allait manger au réveillon. Personne ne comprenait ce qui se passait. Tous, même les papas et les mamans, s'étaient rendu compte que d'énormes ronflements provenaient de la maison de Grosspafine, qui dormait à poings fermés, mais comme personne ne savait qui elle était vraiment, qui aurait pu penser que les enfants s'étaient tout bonnement fait voler leurs beaux rêves et qu'il ne leur restait plus que les mauvais ?

En fait, quelqu'un se doutait bien de quelque chose. Quelqu'un qui s'était levé pour faire pipi pendant la fameuse Nuit de la Salière. Quelqu'un qui avait vu une ombre penchée sur le berceau, dans la chambre de son petit frère, et qui avait entendu une voix grinçante murmurer: «Aspire, Salière, aspire! Prends le meilleur et laisse le pire!» Quelqu'un qui s'était caché derrière la porte et qui était resté sans faire plus de bruit qu'un maringouin en attendant que l'ombre retourne d'où elle était venue. Voulez-vous savoir qui était ce quelqu'un-là?

C'était une petite fille. Une belle petite fille aux cheveux noirs avec de grands yeux noirs en amande. Elle avait une petite dent qui avançait et cela lui donnait un très joli sourire. Cette petite fille se nommait Belle d'Amour, elle avait huit ans et demi, et elle était très futée. Aussi, à la récréation du lundi, quand les enfants se racontèrent leurs dernières nuits et qu'ils s'aperçurent que tous s'étaient mis à faire des cauchemars en même temps, elle devina que l'ombre qu'elle avait vue dans la chambre de son petit frère y était pour quelque chose. Elle comprit également que, si les enfants s'étaient fait voler leurs beaux rêves, ceux-ci se trouvaient forcément quelque part, et qu'on pouvait sûrement les retrouver. C'est pour cela qu'elle convoqua, pour le dimanche matin suivant, une grande assemblée générale de tous les enfants du village dans le petit champ qui bordait la Forêt Profonde.

3

Une réunion haute en couleurs

Dans le petit champ, il y avait maintenant une centaine d'enfants qui s'agitaient au soleil de ce beau petit matin de décembre. Comme ils allaient tous à la même école, chacun savait à peu près qui était qui, mais sans plus. Il y avait tellement de règlements qui les empêchaient d'exprimer leurs vraies personnalités qu'ils n'arrivaient pas à se connaître véritablement les uns les autres. Dans quelle classe on se trouvait, dans quelle maison on habitait, c'est à peu près tout ce que chaque enfant savait de ses camarades. Aussi, ils se regardaient sans parler, un peu gênés. Les tuques, les foulards, les mitaines, tout cela formait sur la neige une fleur multicolore qui émerveilla tous les oiseaux qui passèrent par là pendant la réunion. Une fois tout le monde arrivé, Belle d'Amour imposa le silence et prit la parole.

— Chers amis, vous savez tous pourquoi nous nous sommes réunis. Il s'est passé quelque chose de terrible : depuis une semaine, nous ne faisons plus que des cauchemars. On dirait que quelqu'un nous a volé nos beaux rêves ! déclara-t-elle.

— Oui, oui, c'est vrai, dirent les enfants, on n'a plus de beaux rêves !

— Moi, dit un petit garçon roux, ma maman est en colère parce que je vais la trouver la nuit et qu'après ça l'empêche de dormir. Mais j'ai bien trop peur pour rester tout seul dans mon lit ! Bouhouhououououou !

— Moi, dit un petit garçon brun, les monstres de mes cauchemars me réveillent et je reste les yeux grands ouverts dans le noir sans pouvoir me rendormir. Même les romans d'aventures ne me consolent plus.

— Moi, dit une petite fille toute ronde, je fais entrer mon chat en cachette dans mon lit pour qu'il me protège. Mes parents ne veulent pas qu'il dorme dans ma chambre parce qu'il laisse plein de poils qui me font éternuer, mais je ne peux plus dormir s'il n'est pas là.

— Moi, dit une petite fille à lunettes, ze rêve que papa et maman m'oublient à la garderie pour touzours. C'est terrible : à toutes les fois, ze me réveille en criant très fort.

Tous les enfants pleuraient maintenant. Belle d'Amour dut élever la voix pour couvrir le bruit des sanglots. Elle rassura ses amis du mieux qu'elle put, puis elle leur raconta ce qu'elle avait vu dans la chambre de son petit frère une semaine plus tôt. Tous les enfants restèrent bouche bée.

— Les amis, conclut Belle d'Amour, je crois bien que nous avons affaire à une Vilaine Sorcière.

Un grand « Oh ! » de surprise accueillit ces paroles. Parce que, imaginez-vous donc que tout le monde croyait qu'il n'y avait plus du tout de Vilaines Sorcières dans le royaume, que toutes les Vilaines Sorcières connaissaient maintenant les bonnes manières et qu'on n'avait plus du tout à les craindre. Belle d'Amour continua ses explications.

— Je sais que toutes les Vilaines Sorcières sont censées avoir appris les bonnes manières, dit-elle, mais c'est quand même possible que les Bonnes Fées en aient oublié une! Même que c'est possible qu'une Vilaine Sorcière se soit cachée parmi nous et qu'elle ait essayé de vivre normalement!

— Et elle aurait recommencé à être vilaine tout d'un coup? demanda un garçon aux yeux bleus, qui semblait avoir le même âge que Belle d'Amour.

— Je ne sais pas, dit Belle d'Amour. Mais je l'ai entendue prononcer une espèce de formule magique, et sa voix n'était pas du tout rassurante!

— C'était quoi la formule? demandèrent en chœur tous les enfants.

— Hmmmmm... réfléchit Belle d'Amour. C'était quelque chose comme: «Respire, Volière, respire, rends le tailleur et fesse le rire.» Non, non, ce n'est pas ça. Attendez un peu... Hmmm... hmmmm... Oui! Ça y est! Ça me revient! C'était: «Aspire, Salière, aspire, prends le meilleur et laisse le pire!»

— Oooooh! firent les enfants en faisant les yeux ronds.

— Mais... alors... reprit le petit garçon aux yeux bleus, elle nous aurait volé nos beaux rêves pendant notre sommeil? Me semble que tu en sais, des choses, pour une fille de troisième année... Je ne suis pas sûr de te croire, moi.

— Crois-moi si tu veux, répondit Belle d'Amour. Moi, je dis seulement que ça se pourrait. Sauf que je ne comprends pas vraiment ce qu'une Vilaine Sorcière peut bien vouloir faire avec des beaux rêves d'enfants...

— Il faut en avoir le cœur net ! dit le petit garçon aux yeux bleus. Retrouvons cette Sorcière, et reprenons nos rêves.

— Toi, en tout cas, répliqua Belle d'Amour, tu es bien entreprenant pour un garçon de quatrième année. Tu pourrais au moins nous dire ton nom, si tu veux qu'on te suive. On sait dans quelle classe tu es, mais c'est tout.

La petite fille était un peu vexée de la remarque que ce garçon lui avait faite.

— Je m'appelle Benjamin, tu sauras, rétorqua le garçon aux yeux bleus. Et puis toi, ce n'est pas parce que tu parles comme un dictionnaire qu'on est obligés de croire tout ce que tu dis.

— Tu as juste à lire des livres si tu veux avoir du vocabulaire, commença Belle d'Amour...

— Wôôôôô ! l'interrompit la petite fille à lunettes. Pas de sicane dans la cabane ! Ze crois que Benzamin a raison et que nous devons retrouver la personne qui nous a volé nos beaux rêves, Vilaine Sorcière ou pas.

— Oui, oui, oui ! approuvèrent les enfants. Reprenons-lui nos rêves, à cette Vilaine Sorcière ! Et envoyons-la apprendre les bonnes manières !

— Mais nous ne savons même pas qui elle est ! dit Belle d'Amour. Et puis nous ne sommes que des petits enfants ! Non. Moi, je crois que c'est le roi qui doit s'occuper de cette affaire. Nous devons aller lui dire, au roi, ce qui s'est passé. Il enverra ses chevaliers, ils attraperont la Vilaine Sorcière et elle nous rendra nos rêves. Mais je ne veux pas qu'elle aille chez les Bonnes Fées se faire montrer les bonnes manières.

— Pourquoi ? demandèrent les enfants.

— Parce que... Parce qu'elle semble trop vieille pour apprendre. Et puis c'est le roi qui décide.

— Belle d'Amour a sûrement raison les amis, dit le petit garçon aux yeux bleus. Il faut d'abord en parler au roi. Excuse-moi pour tantôt, Belle d'Amour.

Je n'ai pas été poli. Veux-tu que j'aille avec toi voir le roi?

— Oui, c'est une bonne idée, approuva la petite fille.

— Moi aussi! Moi aussi! Moi aussi! disaient les autres enfants en levant la main.

Tous les enfants voulaient y aller, bien sûr.

— Non, non, non, dit Belle d'Amour. Si on y va tous ensemble, on parlera tous en même temps et le roi ne comprendra rien du tout. À deux, ce sera mieux. Benjamin et moi, nous irons voir le roi. Vous autres, vous nous attendrez au pied de la muraille du château. Faites-nous confiance: nous allons vite régler ce problème. Le roi va nous aider, c'est certain. Allons-y!

Cinq minutes plus tard, les villageois ébahis virent passer une ribambelle d'enfants qui se dirigeaient vers le château en chantant:

— Dans un vieux cimetière, hihihi, hahaha, il y avait une Sorcière, hihihi, hahaha, très-très grande et très-très mince, hihihi, hahaha!

Aucune grande personne ne se doutait de ce qui se passait. Aussi les parents se mirent à ordonner à leurs enfants de rentrer à la maison:

— Hé ! Où vas-tu ?! criaient-ils. Viens-t'en ici tout de suite ! On ne fait pas du bruit comme ça dans la rue ! Et puis ça, c'est la chanson de l'Halloween ! On ne doit chanter que des chants de Noël au mois de décembre !

Mais les enfants poursuivirent leur chemin jusqu'au château, bien déterminés à retrouver leurs beaux rêves.

Une fois au pied des remparts, tous les petits garçons et toutes les petites filles s'assirent sagement dans la neige pour attendre le retour de Belle d'Amour et Benjamin. Ils savaient bien que, s'ils faisaient trop de grabuge, les gardes du roi les chasseraient ! Alors ils parlèrent à voix basse, se racontant les affreuses histoires qui peuplaient leurs nuits depuis une semaine.

Pendant ce temps, Benjamin et Belle d'Amour s'en allèrent à la grande porte pour demander audience au roi. Ils frappèrent le plus fort possible avec leurs petits poings sur l'immense battant en chêne massif. Cela fit un tout petit bruit, tellement la porte était épaisse et lourde. Ils commençaient à s'inquiéter. Personne ne pourrait les entendre, c'était évident ! Pourquoi n'y avait-il pas de sonnette sur cette porte?! Mais, au moment où ils allaient s'en retourner, découragés, le judas s'ouvrit, deux petits yeux surmontés de gros sourcils noirs apparurent dans le trou et une grosse voix fâchée demanda :

— Qu'est-ce que vous voulez, je vous prie!!?

— Nous voudrions rencontrer le roi, s'il vous plaît, monsieur le garde, dit Belle d'Amour en faisant une révérence.

— Rencontrer le roi?! Ha, ha, ha, ha, ha! Elle est bien bonne celle-là! Le roi est trop occupé, grogna le garde. Vous allez, s'il vous plaît, avoir la gentillesse de retourner chez vos parents!

— Mais, commença Benjamin...

— Allez, ouste, ou je me verrai dans l'obligation de vous faire jeter aux oubliettes!

Benjamin et Belle d'Amour n'eurent pas d'autre choix que d'aller rejoindre leurs amis, à qui ils racontèrent leur tentative ratée.

— Ce n'est pas possible! Il faut absolument que nous parlions au roi! dit Belle d'Amour sur un ton découragé. Comment allons-nous faire?

Benjamin réfléchissait.

— Je le sais! s'écria-t-il tout à coup. On va grimper jusqu'à lui!

— Es-tu fou?! dit Belle d'Amour. Si tu te fais attraper, le garde va te jeter aux oubliettes!

— Mais non, je ne me ferai pas attraper, la rassura Benjamin. Nous allons chercher une corde. Je vais escalader la muraille jusqu'aux appartements du roi. Une fois sur le rempart, je te lancerai la corde que tu attacheras autour de ta taille. En t'aidant de cette corde, tu pourras escalader à ton tour et tu n'auras pas peur puisque, si tu tombes, tu seras protégée par le nœud autour de ta taille.

Belle d'Amour prit un air vexé.

— Qu'est-ce que tu crois, monsieur l'Alpiniste expert? Tu penses que les filles ne sont pas capables d'escalader les murs? Han! Je voulais te mettre en garde, c'est tout. Et puisque tu ne veux pas m'écouter, tu vas voir ce que tu vas voir.

Et, sous les yeux ronds comme des vingt-cinq sous des autres enfants, sans attendre Benjamin qui ne s'était pas remis de sa surprise, elle entreprit de gravir la muraille.

La petite fille était très agile. En moins de dix minutes, elle avait atteint le sommet du rempart et faisait signe à Benjamin que la voie était libre.

Celui-ci la suivit et, bientôt, les enfants restés en bas les virent disparaître derrière une tour de guet.

Durant l'heure qui suivit, tous restèrent silencieux, les yeux rivés à cette tour, remplis d'une grande inquiétude. Leurs bouches muettes et leurs petits nez rougis laissaient échapper des nuages de buée à cause du froid. Qu'allaient-ils devenir si les gardes attrapaient Benjamin et Belle d'Amour? Comment feraient-ils pour retrouver leurs beaux rêves? Car seuls ce petit garçon et cette petite fille-là, les enfants du village le sentaient, avaient le pouvoir de réparer les dégâts. Il fallait qu'ils réussissent.

4

Une découverte inattendue

Très loin au-dessous des pieds de Belle d'Amour et Benjamin, la cour intérieure du château était très animée. Des femmes trottinaient en relevant leurs jupes, des hommes passaient, chargés de sacs de farine ou de bois de chauffage. Deux cochons fouillaient dans un tas de déchets, près de l'étable où ruminaient quelques vaches. Des chevaliers et leurs écuyers allaient et venaient, avec ces magnifiques et très grands chevaux de guerre qu'on appelait des destriers. À l'intérieur de la forteresse, les deux amis découvraient toute l'activité d'une ville miniature.

Les gardes aussi allaient et venaient. C'étaient surtout ceux-là qu'il fallait surveiller. Pour l'instant, personne n'avait remarqué la présence des deux petites formes qui se déplaçaient le long d'une tour. Il ne fallait surtout pas faire de bruit. En bas, de l'autre côté du rempart, les enfants du village retenaient leur souffle.

— La première chose à faire, chuchota Belle d'Amour, c'est de trouver les appartements du roi.

— Ben oui, dit Benjamin d'une voix un peu agacée, je n'y avais pas pensé, imagine-toi donc !

Il était encore vexé que Belle d'Amour ait grimpé la muraille avant lui et avec autant de facilité ! La petite fille s'en aperçut.

— Oh, Benjamin, dit-elle, toujours à voix basse, je ne voulais pas te fâcher. Mais je réagis toujours comme ça quand j'ai l'impression qu'on ne me croit pas capable de faire quelque chose que je sais faire. Il fallait que je te montre que j'étais aussi bonne que toi, c'est tout ! Tu sais, moi, je n'ai jamais réussi à faire rebondir un caillou sur l'eau.

— Ah, ça, je sais le faire, dit Benjamin avec un grand sourire.

— Tu vois ? Moi, je ne sais pas, dit Belle d'Amour.

— Je te montrerai, promit le petit garçon.

— D'accord, dit la petite fille.

— Maintenant, on trouve le roi ! décidèrent-ils.

En catimini, les deux copains continuèrent de faire le tour de la muraille en espérant qu'on ne les remarquerait pas. Chaque fois qu'ils contournaient une tour, ils regardaient par les fenêtres pour voir s'il ne s'agissait pas du donjon, où se trouvaient les appartements réservés au roi. Par deux fois, ils durent se recroqueviller dans un petit recoin pour se cacher du garde qui faisait sa ronde sur les remparts, essayant de ne pas bouger, ni même de respirer (à cause de la buée, vous comprenez), jusqu'à ce qu'il soit passé. Mais, dans l'ensemble, tout se passa bien.

Quand ils arrivèrent près de la quatrième tour, ils entendirent des éclats de voix étouffés, qui semblaient provenir de l'autre côté d'une fenêtre barricadée.

— Non, non et non ! disait un enfant, je n'en veux pas !

— Voyons, Sire, répondait une voix d'homme doucereuse, vous savez que c'est pour votre bien ! Allons, ne faites pas tant de manières et buvez votre tisane du matin.

— Non ! répétait l'enfant. Ça goûte trop mauvais ! Je veux du jus de pêches !

— Sire, s'impatienta l'homme, je suis chargé de votre bien-être et, en tant que grande personne, c'est moi qui décide de ce qui est bien pour vous.

Il s'ensuivit un bruit de bataille, on entendit une chaise tomber, des petits pieds qui couraient, des grands pieds qui les rattrapaient, un glouglou ponctué de toux.

— Voilà, reprit la voix doucereuse, ce n'était pas si terrible !

— Pouah, ffhuf, beurk, yark ! fit l'enfant. C'est dégueulasse !

— Tut tut tut ! réprimanda l'homme. Pas de gros mots, Sire. Je vous laisse. Je dois m'occuper des affaires du royaume. Vous avez le temps de jouer un peu en attendant votre cours de bonnes manières. Au revoir, dit la voix d'adulte, et soyez bien sage.

Benjamin et Belle d'Amour entendirent à nouveau les pas de l'homme, puis le son d'une porte qui s'ouvrait et se refermait. Ils échangèrent un regard éberlué. Le roi était un enfant ! Qui aurait pu penser cela ? De mémoire de villageois, on avait toujours cru que le roi était un homme, un adulte. C'est vrai qu'on ne le voyait jamais, mais... Les deux compagnons se regardèrent à nouveau, puis se firent un signe de tête. Ils longèrent le mur jusqu'à la fenêtre, sous laquelle ils s'accroupirent.

— C'est toi qui lui parles le premier, Benjamin, dit Belle d'Amour. Tu es un garçon, il te fera confiance tout de suite.

— D'accord, acquiesça le petit garçon.

Doucement, Benjamin se mit debout et regarda à travers le grillage de bois qui bloquait la fenêtre. Un petit garçon tout mince, presque maigre, avec les cheveux très blonds et les yeux bleu pâle, était assis par terre et faisait rouler lentement une petite charrette en bois, l'air tout triste. Il avait vraiment l'air très, très triste. Même qu'une larme roulait sur sa joue blême. « Ouf ! Il ne doit pas souvent jouer dehors, celui-là, pensa Benjamin, il n'a vraiment pas l'air en forme ! »

Notre ami se mit sur la pointe des pieds et passa un doigt par un trou du grillage pour tapoter la fenêtre.

— Psitt ! fit-il le moins fort possible. Psitt ! Sire !

Le petit garçon pâle leva la tête, soudainement inquiet.

— Par ici, continua Benjamin, en tapotant toujours.

L'enfant se mit debout, visiblement alarmé.

— Je ne vous veux pas de mal, lui dit doucement Benjamin, en articulant soigneusement pour que l'enfant puisse lire sur ses lèvres. Je veux juste vous parler de la part des enfants du village. Nous avons besoin de votre aide.

Le petit roi, en voyant que son visiteur était un enfant comme lui, se calma, sourit timidement et lui fit signe d'entrer. Ce que réussit aisément Benjamin en défaisant le loquet qui bloquait la fenêtre de l'extérieur.

— Ne fais pas de bruit, murmura-t-il, sinon il pourrait t'entendre.

— Qui ? interrogea Benjamin.

— Mon Grand Chambellan ! souffla le roi, apeuré. Il est très sévère, poursuivit-il. Il ne me laisse jamais voir personne. Alors, tu es un roi, toi aussi ?

Benjamin fut très étonné de cette question.

— Mais non, répondit-il, je ne suis pas un roi ! Je suis un villageois, un de vos sujets, Sire. Je m'appelle Benjamin. Et je suis venu vous demander de nous aid...

— Mais, comment ça se fait que tu sois petit comme moi ? l'interrompit le roi.

Et ce fut au tour de Benjamin de se montrer surpris.

— Moi, Sire ? Mais c'est parce que je suis un enfant ! Il y en a bien d'autres dans le village. Il y en a même une avec moi ! Montre-toi, Belle d'Amour ! appela-t-il.

Et sous le regard incrédule et effrayé du roi, la petite fille entra à son tour par la fenêtre et fit une révérence.

— Qququqqu'est-ce que c'est ? demanda le roi d'une voix tremblante.

Benjamin ne put s'empêcher de se mettre à rire.

— Mais voyons ! Vous ne sortez vraiment pas souvent, vous ! nota-t-il en pouffant. C'est une fille. Une petite fille. Une enfant, comme vous et moi. Écoutez, nous avons besoin de votre aide...

Le jeune roi les regardait tour à tour, éberlué. On aurait dit qu'il n'avait jamais vu d'autre enfant que lui-même. Petit à petit cependant, sur son visage, la frayeur fit place à quelque chose qui ressemblait à une surprise bouleversée.

— Alors ils me mentent, dit très lentement le petit roi, je ne suis pas le seul être de mon espèce, ils me mentent depuis toujours… et je le savais, je le sentais…

Une nouvelle larme descendit le long de sa joue. Les deux visiteurs restaient immobiles, ne sachant que faire. Puis le roi se reprit.

— Excusez-moi, dit-il dignement après s'être raclé la gorge. Venez, asseyez-vous. Je suis heureux de vous recevoir. Je m'appelle Louis. Et vous?

Les enfants se présentèrent.

— Et quel est le but de votre visite? demanda le roi.

Alors, Benjamin et Belle d'Amour se lancèrent dans le récit de leur mésaventure, n'oubliant aucun détail.

— Eh bien! dit Louis quand ils eurent terminé. On dirait que nous sommes tous dans le pétrin! Je suis prêt à vous aider à retrouver vos beaux rêves. Mais, en échange, je vais vous demander de m'aider moi aussi.

— Vous aider, Sire? fit Belle d'Amour.

— Oui. Voilà bientôt dix ans que mes parents ont disparu. On m'a dit qu'ils étaient morts, mais je n'ai jamais su comment c'était arrivé. Depuis tout ce temps, je vis dans cette tour. Comme vous voyez, j'ai tous les jouets que je veux, mais je ne vois personne d'autre que le Grand Chambellan, qui prend soin de moi depuis la disparition de mes parents, et mes ministres, qui viennent me faire signer des documents de temps en temps. Et aussi Dame Flamboyante, mon professeur de bonnes manières. J'ai le droit d'aller me promener sur le toit de la tour le soir venu seulement. Messire Gil de Grrr, le Grand Chambellan, m'a toujours assuré que tous les rois du monde étaient comme moi des petits êtres qui avaient besoin que les grandes personnes prennent les décisions pour eux et qui ne pouvaient jamais être vus par leurs sujets sous peine de grands malheurs. Jusqu'à présent, ajouta-t-il en posant des yeux émerveillés sur Benjamin et Belle d'Amour, j'avais toujours cru être le seul être de mon espèce dans tout le royaume. Et maintenant je me rends compte qu'il y en a d'autres ! Alors, je ne suis pas le seul roi du royaume ?

Benjamin et Belle d'Amour étaient complètement abasourdis par ce qu'ils venaient d'entendre. Ils échangèrent un regard entendu, puis Benjamin prit la parole.

— Sire, commença-t-il d'une voix douce. Il n'y a qu'un seul roi dans ce royaume, et c'est vous. Nous, nous sommes des enfants ordinaires. Nous allons grandir et nous deviendrons un jour des grandes personnes ordinaires. Normalement, tous les enfants grandissent et deviennent des grandes personnes. C'est toujours de cette façon que les choses se passent.

Louis ouvrait de grands yeux.

— Et, en principe, continua Belle d'Amour, quand on a dix-huit ans, on est considéré comme une grande personne jusqu'à la fin de sa vie.

— Mais alors, dit le roi, et moi ? Comment se fait-il que je n'aie jamais grandi ?

— Je crois que vous êtes victime d'un enchantement, Sire, dit Benjamin. Vous devriez être une grande personne depuis déjà quelques années, maintenant.

Louis secouait la tête, horrifié.

— Oh, non ! se désola-t-il. On m'aurait trompé pendant tout ce temps ! Et mes parents ? Où sont-ils ? Je suis sûr qu'ils ne sont pas morts. Le Grand Chambellan... Je ne l'ai jamais aimé, il m'a toujours fait un peu peur. Bien sûr il prend soin de moi, j'ai toujours de bonnes choses à manger, des vêtements confortables, des jouets tant que j'en veux, des clowns pour mon anniversaire... Mais pas d'amis, personne, jamais de visiteurs pour jouer avec moi !

Il se mit à pleurer doucement.

Benjamin et Belle d'Amour ne savaient vraiment pas quoi faire. Ils n'en revenaient pas qu'on ait pu faire ça à un petit garçon. L'empêcher de grandir ! L'empêcher d'avoir des amis ! Le priver de ses parents ! C'était vraiment une chose terrible. C'était quasiment pire que de se faire voler ses beaux rêves.

— Écoutez, Sire, dit Benjamin d'un ton décidé. Nous allons vous aider. Mais nous devons partir maintenant. Nos amis nous attendent dehors et nous ne voulons pas qu'ils s'inquiètent. Nous trouverons le moyen de communiquer avec vous.

— Ce soir, dit Belle d'Amour, demandez à sortir sur votre terrasse. Nous vous ferons parvenir un message après avoir consulté nos amis.

— Oui ! s'exclama Louis. Super ! On va bien s'amuser ! Et je vais vous aider à retrouver vos beaux rêves. Et puis ce sacripant de Chambellan, on va le faire jeter aux oub...

— On va le quoi, Sire ? dit une voix suave.

Les trois enfants se tournèrent de concert vers la porte avec un cri de surprise. Le Grand Chambellan, suivi de deux gardes, entrait dans la pièce.

— Vous ne pensiez tout de même pas recevoir de la visite en cachette, mon enfant, dit le petit homme au teint jaune avec ses lèvres molles. Nous allons régler ça tout de suite. Gardes ! Emmenez-les !

— Non ! cria Louis. Je suis le roi. Gardes, n'emmenez pas ces enfants.

— Voyons, Louis, dit fermement le Grand Chambellan, ne faites pas le bébé. Vos parents, avant de disparaître, ont laissé un testament on ne peut plus clair : Dame Flamboyante et moi sommes les régents du royaume et, tant que vous êtes un enfant, c'est nous qui décidons ! Gardes, faites votre travail. Et vous, Sire, vous êtes privé de sortie pendant une semaine pour m'avoir désobéi. Je reviendrai vous voir ce soir. Bonne journée.

Et le méchant homme partit, tandis que les gardes emmenaient Benjamin et Belle d'Amour, et que Louis s'effondrait sur une chaise en pleurant.

5

Révélations dans un tonneau

Là où se trouvaient maintenant Belle d'Amour et Benjamin, il faisait vraiment très noir. Tout étourdi pour avoir été traîné par les gardes à travers le château, puis jeté dans un étrange cachot, Benjamin essaya de se relever. Bang ! Il n'était même pas tout à fait redressé qu'il se cogna la tête. Ouille ! Il était vraiment petit, ce cachot ! Il tâta les murs autour de lui : ils avaient une forme arrondie. Il donna des petits coups sur les parois : cela sonnait comme du bois.

— Mais... s'exclama-t-il, je suis dans un tonneau ! Belle d'Amour, Belle d'Amour !

— Pas la peine de crier, Benjamin, fit une voix dans le noir, je suis là. Ça fait deux fois que tu me marches dessus.

— Oups ! excuse-moi, dit Benjamin. Écoute, je crois que nous sommes dans un tonneau.

— Je t'avais entendu, répliqua la petite fille.

— Pourquoi tu ne répondais pas ? demanda Benjamin. J'ai eu peur, moi, j'ai pensé qu'ils t'avaient mise dans un autre cachot, qu'on avait été séparés.

— Mais non, je réfléchissais, dit la petite fille. Tu sais, les oubliettes, ce n'est pas la prison d'un château. En tout cas, très rarement. En général, c'est plutôt le garde-manger.

— Hein ?! Le garde-manger ? s'étonna Benjamin.

— Oui, oui, oui, dit Belle d'Amour. Tu vois, quand on construit un château, bien souvent on prend les pierres sous la terre, à l'endroit où l'on va bâtir. Comme ça, on creuse des espèces de cavernes où il fait toujours frais. Quand le château est terminé, on fait un trou et un escalier pour descendre dans les oubliettes et voilà, on a un bon endroit pour garder la nourriture et le vin au frais. Je crois bien que nous sommes dans un tonneau à vin, Benjamin.

— Une chance qu'il est vide! soupira le petit garçon. Mais la prison du château, elle, elle est où?

— Il n'y a pas vraiment de prison dans un château, expliqua son amie. Si on doit garder quelqu'un et l'empêcher de sortir, on l'installe dans une chambre, dans une tour, et l'on place des gardes à la porte, c'est tout. Il y a bien des châteaux qui en ont, des prisons, mais ils sont rares.

— Dis donc, Belle d'Amour, tu en sais des choses sur les châteaux! Comment ça se fait? demanda Benjamin d'un ton soupçonneux.

Il y eut un silence.

— Allez, parle, insista Benjamin, pourquoi tu sais autant de choses à propos des châteaux?

Belle d'Amour hésita encore, puis elle finit par dire, d'une toute petite voix:

— Je vais te le dire, mais pas maintenant. Plus tard.

— Hé, c'est pas comme ça que ça marche, mademoiselle Je-Sais-Tout, s'écria Benjamin. Si tu me caches des choses, moi, je démissionne.

— Fais-moi confiance, je t'en prie, supplia Belle d'Amour. C'est quelqu'un que je connais qui m'a expliqué tout ça. Pour l'instant, il faut qu'on sorte d'ici au plus vite. Ce n'est pas le moment de se chicaner.

Benjamin avait bien envie de bouder. Il était fâché que Belle d'Amour n'ait pas voulu lui dire son secret. Il pensait que, quand on est des vrais amis, il faut tout se dire, absolument tout, tout, tout. Il se sentait rejeté.

Dans le noir, une petite main très douce se posa sur son bras.

— Je te le jure, Benjamin, murmura la petite fille, tu es vraiment mon ami. Mais il y a des choses que je ne peux pas encore dire parce qu'elles impliquent d'autres personnes que moi. Tu vois, ce secret n'est pas seulement le mien. Tu n'aimerais pas que je répète une chose que tu m'aurais confiée, n'est-ce pas ?

— Ben... Ben non, c'est sûr, balbutia Benjamin.

— Alors tu dois comprendre que j'ai donné ma parole, dit son amie. Un jour, bientôt, je te le promets, tu sauras tous mes secrets. D'accord ?

— D'accord, finit par répondre Benjamin en reniflant.

— Merci, dit Belle d'Amour. Merci de me faire confiance. C'est important quand on est des amis.

Dans le noir, Benjamin sentit une petite caresse fraîche et légère lui effleurer la joue. Belle d'Amour venait de lui donner un bisou. Une chance qu'il faisait noir ! Sinon, la petite fille l'aurait vu devenir tout rouge !

— Bon, dit-il pour se donner l'air de quelqu'un que les bisous ne dérangent pas, qu'est-ce qu'on fait ? Les autres nous attendent dehors, il faut échafauder un plan.

— Laisse-moi faire, décida Belle d'Amour.

— Oh, oh, oh, c'est tout le temps toi qui fais tout ! protesta Benjamin. Pourquoi j'en aurais pas, des idées, moi ?

— Hi ! hi ! hi ! s'esclaffa la petite fille. Quel caractère, Benjamin ! Allez, ne sois pas jaloux. Je crois savoir qu'il y a des passages secrets qui mènent de la forêt au château. Je connais quelqu'un qui pourrait peut-être nous aider à sortir par là. Je vais l'appeler.

Benjamin avait de sérieux doutes.

— L'appeler ? dit-il d'une voix incrédule. Comment tu vas faire ? C'est impossible d'appeler qui que ce soit. Personne ne peut nous entendre d'ici, voyons! Ils vont faire sortir les tonneaux du château, nous vendre au marché, on va se retrouver dans la charrette d'un marchand inconnu, peut-être même sur un bateau, puis on va se réveiller chez les géants qui n'ont qu'un œil en plein milieu du front!

— Les cyclopes, Benjamin, s'impatienta Belle d'Amour. Un géant qui n'a qu'un œil, c'est un cyclope. Mais cesse donc de t'en faire! Encore une fois, je te le répète: il faut que tu me fasses confiance. Nous ne finirons pas dans l'assiette d'un cyclope, je te le promets. Promis, juré, craché, croix de bois, croix de fer, si je mens je vais en enfer. Ça va comme ça?

Benjamin reniflait. Il ne voulait pas que Belle d'Amour sache qu'il pleurait. Il voulait avoir l'air courageux et fort. Mais là, il ne savait vraiment pas comment ils pourraient s'y prendre tous les deux pour s'en sortir. Il ne croyait pas que Belle d'Amour puisse être capable de faire plus que lui. Après tout, même si elle savait toutes ces choses à propos des châteaux, des cyclopes et tout ça, elle n'était qu'une enfant, comme lui! Il pensait qu'il ne reverrait plus jamais ses parents, et cela lui faisait de la peine.

Une petite main douce se glissa dans la sienne, qui était toute mouillée à force d'essuyer ses yeux.

— Benjamin, dit gentiment son amie, je t'en prie, ne pleure plus. Laisse-moi une chance d'essayer de nous sauver, tu veux bien ?

— De toute façon, qu'est-ce que je peux faire d'autre ? bougonna le petit garçon. Oh, la, la, mais qu'est-ce qu'on fait ici ? On aurait dû rester comme on était, continuer à faire des mauvais rêves en dormant, comme ça on n'aurait pas eu à les vivre tout éveillés !

Mais le petit garçon, bientôt, se tut et, les yeux écarquillés même s'il ne voyait rien, resta bouche bée. Une voix très douce s'élevait de l'autre bout du tonneau, où se trouvait Belle d'Amour. Le tonneau n'était pas si grand, et pourtant, cette voix semblait étrangement lointaine, comme si ç'avait été une voix… magique. Cette voix chantait. Et plutôt bien, même. C'était la petite fille qui faisait entendre ce chant mystérieux.

Hou-ou-ou-ouuuuu, faisait la chanson,
Hou-ou-ou-ouuuuuuuu
Je hurle à la lune

Hou-ou-ouuuuu
Ce soir à la brune
Hou-ou-ouuuuu
Loup-garou
Mon appel monte
Vers le ciel monte
Loup-garou
Loup-garou
Hou-ou-ou-ouououou!

Benjamin n'en revenait pas.

— Qu'est-ce que tu fais là, dit-il d'une voix étranglée, es-tu folle? Tu appelles le Loup-garou, mais qu'est-ce qui te prend, il va nous manger! Dis donc, tu es un Loup-garou toi aussi ou quoi? Au secours, au secours!

Benjamin frappait de toutes ses forces sur les parois du tonneau.

— Arrête, Benjamin! Arrête, stop! gronda Belle d'Amour. Ça suffit. Je ne suis pas un Loup-garou. Je suis une petite fille comme toi. Mais je crois qu'il est temps que je t'explique quelque chose.

— Tu as intérêt à me donner une explication qui a du bon sens, dit Benjamin.

— Oui, oui, ne t'en fais pas, le rassura Belle d'Amour.

— Bon, vas-y, je t'écoute. Mais reste de ton côté du tonneau, fit Benjamin, la voix remplie de frayeur.

— Voyons, se moqua Belle d'Amour, c'est un tonneau, on est enfermés, je suis tout près de toi. Si je voulais te manger, ce ne serait pas bien difficile !

— Ça m'est égal, s'obstina Benjamin, reste de ton côté quand même.

— Bon, bon, d'accord, soupira la petite fille. Alors, tu sais qu'il y a un Loup-garou dans la Forêt Profonde ?

— Ben oui, dit Benjamin. Il mange les moutons et les poules. Et il peut enlever les enfants qui ne font pas dodo quand c'est l'heure.

— C'est des histoires de grand-mère, ça, protesta Belle d'Amour. Ce Loup-garou-là ne peut pas manger qui que ce soit : il est végétarien.

— Végé... quoi ?

Benjamin ne connaissait pas ce mot-là.

— Végétarien. Ça veut dire qu'il mange juste des choses végétales, comme des légumes ou des fruits, expliqua la petite fille.

Benjamin allait de surprise en surprise.

— Mais... dit-il. Mon père met des pièges à Loup-garou partout dans la Forêt Profonde ! Et puis on a un délougarisateur à la maison ! Mon papa m'a dit qu'il me laisserait l'essayer, un de ces jours.

— Pouah ! Un délougarisateur ! C'est épouvantable ! Tu aimerais ça, toi, te faire transformer en tas de patates pilées ? Et puis les pièges, ma mère et moi, on les défait ! dit Belle d'Amour.

— Ta mère et toi ???

Le petit garçon n'aimait pas du tout la tournure que prenaient les choses.

— Oui. Nous le connaissons... un peu, dit lentement la petite fille. C'est... disons... un ami à nous qui a été transformé en Loup-garou par les Bonnes Fées. Il est inoffensif, ajouta-t-elle.

Décidément, cette histoire devenait de plus en plus incroyable. Une Vilaine Sorcière qui volait des beaux rêves, un roi empêché de grandir par magie, et maintenant, un Loup-garou gentil ! Benjamin se dit que, décidément, il était en train de dormir, et qu'il faisait tout bonnement un mauvais rêve.

— Et... tu penses vraiment que ce monstre peut nous sauver ? demanda-t-il sans trop y croire.

— Ce n'est pas un monstre! s'écria Belle d'Amour, soudain en colère.

— Ho, ho! Tu prends ça bien à cœur! ricana Benjamin.

— Ce... Oh, et puis, tant pis. C'est mon père, bon! avoua la petite fille.

6

Comment on devient Loup-garou

Benjamin était complètement abasourdi par ce qu'il venait d'entendre.

— Ton... Ton père? dit-il d'une voix étouffée.

— C'est une longue histoire, Benjamin, soupira la petite fille. Mais puisqu'on est ici à attendre, je peux bien te raconter ce qui est arrivé. Veux-tu?

— Oui. Mais reste dans ton bout du tonneau, s'écria Benjamin, encore effrayé.

— N'aie pas peur de moi, voyons! Je te jure qu'il n'y a aucun danger que je te mange, dit Belle d'Amour en riant.

Le petit garçon laissa donc son amie se rapprocher, même s'il se méfiait encore un petit peu. Et tandis qu'il écoutait, les yeux de plus en plus agrandis par la surprise, Belle d'Amour lui fit le récit le plus incroyable qu'il ait jamais entendu.

Voulez-vous que je vous le raconte?

Oui?

Eh bien, ouvrez grand vos petites oreilles.

Dans le royaume de Passilouin, comme vous le savez, on avait l'habitude d'attraper les Vilaines Sorcières pour les envoyer apprendre les bonnes manières à l'école tenue par les Bonnes Fées. De cette façon, on s'assurait que personne ne joue de mauvais tours aux autres, que personne (à part les petits enfants de moins de quatre ans, bien sûr) ne se décrotte le nez en public, ne dise des gros mots, ne fasse pipi dans les coins, bref on s'arrangeait pour que toute la population fasse preuve de politesse et de savoir-vivre en tout temps, afin que rien d'IMPRÉVISIBLE ne puisse se produire. Personne dans le royaume ne se plaignait de cet état de choses, bien entendu, et surtout pas les grandes personnes. Et les Bonnes Fées, pour leur travail d'éducatrices, récoltaient toute l'admiration des sujets du bon roi Louis.

Donc, tout le monde trouvait que c'était une chose correcte que d'attraper les Vilaines Sorcières et de les envoyer malgré elles à l'École des Bonnes Manières. Vraiment tout le monde ? Pas tout à fait. Il y avait quelqu'un, parmi le peuple des Bonnes Fées, qui n'était pas d'accord avec tout ça. Et ce quelqu'un, c'était Barbe Douce. Savez-vous qui était Barbe Douce ? Oui, oui, c'était le papa de Belle d'Amour.

— Oh ! s'écria Benjamin à ce point du récit. Ça veut dire que tu es une Bonne Fée ?!

— Pas vraiment, expliqua Belle d'Amour. Mon père a épousé une Femme Ordinaire. J'ai certains pouvoirs, mais ce n'est pas grand-chose. Je sais chanter comme une Fée, je vois clair la nuit, je peux m'approcher des animaux sauvages, mais c'est tout. Et je sais comment est fait un château parce que mon papa, qui en a visité beaucoup, me l'a dit.

Oups ! Elle voyait dans le noir ! Cela voulait dire qu'elle avait pu voir Benjamin, tout à l'heure, quand il avait rougi... Cette pensée le fit rougir à nouveau. Belle d'Amour, en souriant, lui tapota le bras pour le rassurer. Eh bien ! Quelle histoire ! Si Benjamin n'avait pas déjà été assis par terre au fond d'un tonneau, il serait sûrement tombé de sa chaise ! Jamais il n'aurait pensé, en proposant son aide à cette jolie petite fille qui avait l'air à peu près ordinaire, même si elle était bien futée, qu'il se retrouverait plongé dans une pareille aventure ! Mais il n'avait plus peur maintenant. C'est tellement moins effrayant quand on comprend ce qui se passe... Il n'en fallait pas plus à ce petit garçon-là pour décider d'être le meilleur ami de Belle d'Amour, coûte que coûte. En fait, il se sentait plus que courageux. Il se sentait à sa place.

— Continue, Belle d'Amour, dit-il d'une voix calme et sérieuse. Je veux savoir la suite.

Alors la petite fille continua son récit.

Barbe Douce avait tenté de convaincre les Bonnes Fées que le fait d'empêcher quelqu'un d'être lui-même, ce n'était pas une bonne chose. Que de dénaturer les Vilaines Sorcières ne réglait rien, que cela ne faisait que déplacer le problème. En plus, les méthodes employées par les Bonnes Fées Éducatrices pour « soigner » (hum ! hum !) les défauts des Vilaines Sorcières étaient bien dures. Si quelqu'un faisait du bruit en pétant, on le privait de ragoût de limaces pendant un mois. Si on avait le malheur d'être surpris les doigts dans le nez, on se faisait confisquer son balai pour deux semaines ; et si on recommençait, c'était pour toujours. Quand une Vilaine Sorcière était surprise en train de faire pipi par terre, on la forçait à porter du parfum de rose durant un mois. La pire punition, c'était pour ceux ou celles qui disaient des gros mots : on les obligeait à dire tous les mots gentils du dictionnaire sans interruption (même pas pour dormir) pendant deux jours consécutifs. Et ainsi de suite. Les élèves de l'École des Bonnes Manières finissaient donc bel et bien par perdre leurs mauvaises habitudes, mais on les éduquait par la peur. Oui, par la peur, que même les Vilaines Sorcières connaissent. Les pauvres, elles craignaient tellement qu'on les prive de balai, qu'on les parfume ou qu'on les force à dire tous les mots gentils du dictionnaire, qu'elles repoussaient sans cesse au fond d'elles-mêmes toute manifestation de leur vraie nature. Après quelque temps, elles se mettaient à agir de manière à peu près ordinaire. Cependant, ce n'était pas toutes les Vilaines Sorcières qui réussissaient à oublier leur identité. Les habitants du royaume ne le savaient pas, mais il y en avait certaines, trop vieilles pour être rééduquées, ou encore trop rebelles, qui finissaient carrément par devenir folles à force d'être contraintes de renier leur vraie nature ! Et toutes les autres, celles que les Bonnes Fées avaient rendues comme les Personnes Ordinaires en les punissant si souvent, devinez ce qui leur arrivait la nuit ? Oui, oui. Elles faisaient des cauchemars. Et elles ne pouvaient pas se soigner avec la confiture de rêves, parce qu'elles ne se rappelaient même plus, à la fin, qu'elles étaient des Vilaines Sorcières.

Le papa de Belle d'Amour, ainsi que d'autres membres de la communauté des Bonnes Fées qui pensaient comme lui, ne se privait pas de critiquer ces méthodes. Il les trouvait cruelles. Il disait que ce n'était pas une bonne chose que d'empêcher des gens d'être eux-mêmes, même si cela devait déranger un peu la société. Il disait qu'on pouvait enseigner le respect des autres sans recourir à la peur des punitions, et que les Vilaines Sorcières du royaume avaient le droit, comme tout le monde, de vivre librement avec tout ce qui faisait qu'elles étaient comme elles étaient. Que c'était à chacun d'apprendre à vivre avec les différences de l'autre et qu'on n'avait pas le droit de les forcer à changer.

Les Bonnes Fées, elles, n'étaient pas du tout d'accord avec ces idées-là. Comment les gens réussiraient-ils à vivre ensemble s'il n'y avait plus de politesse ni de respect ? Où irait-on, si tout le monde se mettait à agir n'importe comment ? Barbe Douce et ses amis répondaient à cela que la politesse, ça devait aller dans les deux sens. Que, autant les Vilaines Sorcières devaient apprendre à ne pas déranger les autres avec leurs mauvaises manières et leurs tours pendables, autant les autres habitants du royaume devaient apprendre à les connaître et à apprécier leurs qualités. Car, même si elles sentaient plutôt mauvais, même si elles disaient des gros mots, elles étaient quand même capables de préparer des potions magiques incroyables, de voler à une vitesse vertigineuse sur leurs balais, de parler aux chats, de dompter les dragons, de lire l'avenir dans les boules de cristal, de déchiffrer les vieux grimoires écrits dans des langages oubliés ! Ce n'était pas rien ! Mais les dirigeants de l'École des Bonnes Manières refusèrent d'écouter Barbe Douce. Ils le menacèrent de le jeter aux oubliettes s'il continuait de critiquer les décisions de ses chefs. Barbe Douce répliqua que tout le monde avait le droit de dire qu'il n'était pas d'accord et il organisa une manifestation devant l'École des Bonnes Manières pour demander qu'on laisse les Vilaines Sorcières tranquilles. Des gardes l'attrapèrent au moment où certaines Personnes Ordinaires commençaient à trouver elles aussi que ce qu'on faisait subir aux Vilaines Sorcières n'était peut-être pas la meilleure manière de résoudre un problème de différence. Il fut jeté aux oubliettes et, après quelques jours, on le fit comparaître devant la reine des Bonnes Fées, Dame Flamboyante. Comme il refusait d'admettre que tout ce qu'il avait dit était faux, et comme il continuait de demander qu'on libère les Vilaines Sorcières, Dame Flamboyante se mit en colère et lui dit :

— Puisque tu aimes tant les Créatures Étranges, va donc les retrouver dans la Forêt Profonde !

Et pouf ! Barbe Douce s'était retrouvé au cœur de la Forêt Profonde, transformé en Loup-garou, obligé de dormir au fond d'une tanière froide, humide et sombre, et de se nourrir de fougères et de fruits sauvages. Et surtout, il se retrouvait, comme toutes les autres créatures qui effrayaient les Personnes Ordinaires à cause de leur aspect différent, traqué, poursuivi, risquant à tout moment de rester pris dans un de ces horribles pièges que lui tendaient les hommes du village ou, pire, d'être délougarisé et de finir en tas de patates pilées.

— Alors c'est pour ça, conclut Belle d'Amour, que ma mère et moi enlevons les pièges que ton père et toi, vous installez. Et je ne mange jamais de patates pilées non plus, ça me fait trop penser aux dangers qui guettent mon pauvre papa. C'est pour ça aussi que j'en sais un bout sur les châteaux et tout ça, puisque mon papa les a beaucoup fréquentés et qu'il m'explique plein de choses.

— Saperlipopette ! s'exclama Benjamin. Alors, les Bonnes Fées, elles font du mal aux Vilaines Sorcières ? Mais pourquoi ?

— Il y a des gens qui sont incapables de supporter qu'on soit différent d'eux, expliqua la petite fille. Mon père dit que ces gens ont peur de ce qu'ils ne connaissent pas.

— Mais... dit Benjamin. Le roi... Il est victime d'un sort de Sorcière ou d'un sort de Fée ?

— Je n'en ai aucune idée, Benjamin, répondit Belle d'Amour. Il va falloir le découvrir. Oh ! Chut ! J'entends quelqu'un qui arrive.

En effet, des voix, des bruits de pas et des cliquetis d'armes se rapprochaient.

7

Une Bonne Fée sans pitié

C'étaient les gardes. Sans trop de brutalité, Benjamin et Belle d'Amour furent conduits à travers d'étroits corridors souterrains jusqu'à une grande salle éclairée par des torches. Dans la lumière dansante, au fond de la salle, les attendait la plus belle dame que Benjamin ait jamais vue. Grande et mince, elle portait une longue robe rouge feu qui semblait jeter des étincelles au moindre de ses mouvements. Sa chevelure rousse descendait comme une flamme ondoyante sur ses épaules et derrière son dos. Elle avait croisé ses longues mains fines devant elle et patientait, très calme. Ses yeux verts brillaient comme des pierres précieuses dans son visage d'ange ; elle souriait, montrant de belles dents blanches et droites entre deux lèvres pareilles aux deux moitiés d'une cerise. Sa peau pâle semblait irradier de lumière. Quand elle parla, Benjamin fut comme enveloppé par sa voix douce et chaude qui faisait de la musique dans ses oreilles. Quant à Belle d'Amour, elle gardait un air boudeur et dardait sur la dame des yeux remplis de défi.

— Bonjour, les enfants, dit doucement la dame.

— Bonjour, madame, répondit Benjamin, subjugué par la beauté de cette apparition. Ê... Ê... Êtes-vous un ange ?

— Ah ! Ah ! Ah ! rit gentiment la belle dame. Comme il est mignon. Non, mon enfant, je ne suis pas un ange. Je suis Dame Flamboyante, la reine des Bonnes Fées.

Benjamin comprenait pourquoi, maintenant, on l'appelait « Dame Flamboyante ». C'était vrai qu'elle avait l'air d'une flamme, lumineuse et chaude, attirante et dangereuse à la fois. Et même s'il se rappelait ce que Belle d'Amour lui avait raconté au sujet de cette femme, il ne pouvait s'empêcher d'avoir envie de l'aimer et qu'elle l'aime. Même que, l'espace d'un instant, la pensée lui traversa l'esprit qu'il serait prêt à tout pour elle. Belle d'Amour s'en aperçut et le pinça. En étouffant un petit «ouch!», il revint à la réalité. La dame regardait maintenant Belle d'Amour avec une curiosité amusée.

— Ainsi donc, continua Dame Flamboyante avec un sourire éblouissant, voici la fille de Barbe Douce. Tu ne me connais pas, mais moi, je te connais. Je surveille ta famille depuis longtemps, encore plus depuis que j'ai réglé le problème de ton père il y a cinq ans. Il devenait franchement dérangeant. Tu devrais me remercier.

Belle d'Amour ne jugea pas nécessaire de répondre à cette voix veloutée. Elle se contenta de redresser encore plus ses épaules, de relever son menton et de regarder Dame Flamboyante dans les yeux, pour lui faire comprendre qu'elle ne lui faisait pas peur du tout. La dame eut un rire mélodieux.

— Tu sembles en colère contre moi, mon enfant, dit-elle, mais tu sais, ce que je fais va toujours dans l'intérêt du royaume. Je n'ai pas le choix. Sans moi, tout serait en désordre. Les gens feraient n'importe quoi, le pays perdrait sa belle harmonie, tout irait de travers. Ce serait le règne de l'imprévisible. Ton père menaçait l'ordre établi avec ses idées folles. Il a bien fallu que je le neutralise. Tu devrais te réjouir, il est en liberté au moins. Mais tu es bien comme lui, tu ne sais pas apprécier ce qu'on fait pour ton bien.

Belle d'Amour ne répondait toujours pas et continuait de regarder la Bonne Fée, qui poursuivit, en se tournant vers Benjamin :

— Et puis voulez-vous bien me dire ce que vous alliez faire dans la chambre du roi ?

— Dame, répondit Benjamin, nous allions demander son aide.

— Son aide ? dit doucement Dame Flamboyante. Mais pourquoi donc ? Parle, mon enfant, n'aie pas peur. Je ne veux que ton bien.

— Nous avions un grave problème, expliqua le petit garçon, et nous pensions que le roi pourrait faire quelque chose pour nous aider.

— Et ? insista Dame Flamboyante en souriant. Ce problème ?

— Eh bien, poursuivit Benjamin, nous croyons qu'une Vil... Aïe !

Belle d'Amour l'avait pincé encore une fois. Une chance, parce qu'il était en train de commencer à dire la vérité... Et maintenant qu'il savait ce que les

Bonnes Fées faisaient subir aux Vilaines Sorcières, il n'était pas question qu'on fasse appel à elles! Belle d'Amour avait raison. Cette femme, avec sa voix comme du caramel, avec sa beauté incroyable et son sourire de cerise au marasquin, cette femme était extrêmement dangereuse. Elle vous ensorcelait d'un seul regard et vous deveniez instantanément son esclave. C'est ce moment que choisit la petite fille pour prendre la parole.

— Vous êtes une méchante, madame la Bonne Fée, déclara-t-elle. Je crois que vous aimez tellement tout diriger vous-même que vous obligez les Sorcières à renier leur vraie nature, et même que vous mettez des herbes magiques dans la tisane du roi pour l'empêcher de grandir. J'ai entendu mon papa le dire à ma maman, un soir qu'il était chez nous dans sa forme d'homme. Ce n'est pas ça, l'harmonie, madame. L'harmonie, c'est quand chacun accepte de vivre avec les différences de l'autre dans la tolérance et le respect. C'est quand on peut passer par-dessus ces différences-là et profiter des qualités et des richesses de cœur que l'autre peut nous offrir. C'est ça, l'harmonie, madame la Bonne Fée. Mon père a raison. Ce que vous faites, ce n'est pas bien.

Pas bien du tout. Mon père est convaincu que les Personnes Ordinaires, les Vilaines Sorcières, les Bonnes Fées, toutes les Créatures Étranges qui vivent dans la Forêt Profonde peuvent vivre ensemble et être amis. Il dit que ce que vous faites, c'est de la répression, et que la répression, c'est très laid. Moi, je dis que c'est vous, la méchante.

Dame Flamboyante restait très calme en apparence, mais ses yeux semblaient maintenant jeter des éclairs. Elle s'approcha de Belle d'Amour jusqu'à presque toucher son visage avec le sien. La petite fille sentait le souffle délicieusement fruité de la Fée sur son visage. Celle-ci souriait toujours et parla encore de sa voix merveilleusement douce, mais en même temps on sentait qu'elle était de moins en moins capable de se contrôler et de rester polie :

— Écoute, petite chipie, chuchota-t-elle. Tu ne vas pas m'empêcher de mener le royaume comme je l'entends. Ni toi, ni ton imbécile de père, ni personne. Et surtout pas ce petit crétin de roi qui ne connaît rien à rien. Je sais très bien ce qu'il faut faire pour garder un royaume en paix. Tant que tout le monde agit et pense de la même façon, il n'y a pas de problème. Personne ne pose de question.

Les gens sont heureux, tranquilles, rien ne vient les déranger. C'est comme ça qu'il faut faire. Pas autrement. La seule façon de rendre les gens heureux, c'est de faire en sorte qu'ils soient toujours d'accord sur tout.

— Non ! s'écria Belle d'Amour. C'est faux ! Pour que les choses avancent, pour que les gens progressent et évoluent, il faut qu'ils discutent, il faut qu'ils aient des idées différentes, il faut qu'ils soient authentiques et originaux ! Il faut que chacun puisse rester lui-même et agir selon sa propre nature ! Notre royaume est sans vie : toutes les maisons sont pareilles, avec le même nombre d'arbres devant et le même jardin derrière, la même quantité de rues dans chaque village, le même nombre d'enfants par famille, les mêmes livres dans chaque demeure, les mêmes activités chaque fin de semaine. Les gens sont tranquilles, madame, mais ils ne connaissent pas la liberté.

— La liberté ? dit Dame Flamboyante, toujours de sa voix trop douce. Et toi, petite fille, que sais-tu de la liberté ?

— Mon père m'a expliqué que la liberté, c'est pouvoir exprimer ce qu'on est sans avoir peur d'être jugé, dit Belle d'Amour, puis c'est aussi le devoir de respecter la liberté des autres. C'est le droit d'être différent. C'est le droit d'aimer et d'être aimé. C'est le droit de préférer planter des pois chiches ou des gourganes, de mettre le jardin à gauche ou à droite. C'est de pouvoir chanter nos chansons préférées, d'inviter ceux qui le souhaitent à chanter avec nous et de laisser tranquilles ceux qui préfèrent se taire ou chanter autre chose. C'est savoir qu'on est responsable et ne pas chercher à éviter les choses difficiles.

Les yeux de Dame Flamboyante se mirent à... flamboyer, justement ! Son visage, toujours à deux centimètres de celui de Belle d'Amour, avait perdu toute sa douceur.

— Je ne te laisserai pas gâcher ce que j'ai mis tant d'années à construire, petite peste. Va donc retrouver ton père !

Et, sous les yeux horrifiés de Benjamin, la petite fille se couvrit de fourrure tandis qu'un long museau pointu lui poussait à la place de la bouche et du nez, que ses oreilles s'allongeaient, que des griffes remplaçaient ses ongles et qu'une queue apparaissait sous sa robe. Belle d'Amour arrondit les yeux, horrifiée, voulut crier, mais ne put pousser qu'un long hurlement désespéré. Dame Flamboyante l'avait transformée en Loup-garou à son tour! La Bonne Fée fit un dernier geste et la petite fille disparut.

Benjamin, lui, ne bougeait pas. Il n'avait pas peur du tout. Il aurait dû, pourtant. Mais il se sentait étrangement bien tandis que Dame Flamboyante s'avançait vers lui en souriant, plus merveilleuse que jamais. Elle lui prit le menton en le regardant affectueusement.

— Alors, mon petit, dit-elle, raconte-moi maintenant ce qui vous amenait dans la chambre du roi. Je vais faire tout ce qui est en mon pouvoir pour aider les enfants du royaume, je te le promets.

Benjamin savait qu'il ne devait absolument rien dévoiler, mais une voix (sa voix à lui, qu'il ne contrôlait plus!) sortit de sa bouche pour répondre à la Bonne Fée.

Il lui raconta tout. Le vol des beaux rêves, ce que Belle d'Amour avait vu dans la chambre de son petit frère, la réunion des enfants, l'expédition au château, la découverte de l'enfant roi, ce que lui avait révélé Belle d'Amour, tout. Dans la lueur rougeoyante des torches, le magnifique visage de la Fée devenait de plus en plus inquiétant.

— Oui... Oui... dit-elle, quand Benjamin, un peu étourdi, eut terminé son récit. Elle avait raison ta petite amie. Ce ne peut être qu'une Vilaine Sorcière. Elle a sûrement voulu se faire de la confiture de rêves. Elles font toutes des cauchemars quand elles n'ont plus l'occasion de manifester leurs mauvaises manières. Pouah! Quels êtres dégoûtants et sans éducation! Je le sentais, je le savais qu'il y en avait une qui m'avait échappé. Merci, mon petit. Je vais la trouver. On va s'en occuper, de cette Vilaine Sorcière. Tu peux retourner parmi les tiens.

Elle se pencha et posa sur le front du petit garçon un baiser brûlant et glacé à la fois.

— Fais de beaux rêves, souffla-t-elle.

Benjamin se sentit aussitôt happé par un tourbillon de feu. Il perdit connaissance.

Quand il ouvrit les yeux, il était couché sur le dos, dans la neige, au pied des murailles du château. Au-dessus de lui, un ciel de petits visages anxieux le regardait. Les bouches de ces visages, à cause du froid de l'hiver, lui parlaient à travers un gros nuage de buée blanche. Les voix lui parvenaient de loin, comme étouffées par des oreillers invisibles.

— Benjamin ! disaient des voix d'enfants. Il revient à lui ! Benjamin, dis quelque chose, qu'est-ce qui s'est passé ? Où est Belle d'Amour ?

Il cligna des yeux et, dans un effort extraordinaire, il réussit à parler d'une voix pâteuse.

— Belle d'Amour ? articula-t-il. C'est qui, ça, Belle d'Amour ?

8

À la recherche de la Vilaine Sorcière

« Oh, non ! s'écria un petit garçon qui s'appelait Léo, il a perdu la mémoire ! »

— Oh, non ! Oh la, la ! Benjamin, c'est moi Mia, c'est moi Léanne, c'est moi Léo ! se mirent à dire les enfants tous ensemble.

Benjamin, couché par terre, regardait tous ces visages penchés vers lui qui le regardaient eux aussi. Il lui semblait bien qu'il avait quelque chose d'important à leur dire, mais ça ne lui revenait pas. On aurait dit que quelqu'un lui avait mis un bouchon sur la mémoire. Il savait que quelque chose de grave était arrivé, qu'il fallait agir vite, mais il ne se souvenait plus du reste, saperlipopette ! Léanne, la petite fille à lunettes, dit de sa voix flûtée :

— Alors, est-ce que vous avez vu le roi ?

Le roi… Le roi… Benjamin faisait des efforts énormes pour se souvenir. Ça lui disait quelque chose, oui, il y avait quelque chose d'important qu'il devait leur dire à propos du roi, mais quoi ? Pauvre Benjamin ! Un terrible sentiment d'impuissance l'étreignit, une grande fatigue s'abattit sur lui. Il se mit à pleurer. Aussitôt, tout plein de petites mains se tendirent pour le consoler.

Au même moment, une pierre enveloppée dans une feuille de papier tomba non loin des enfants, faisant crisser la neige.

— Hé ! fit le petit Léo, regardez, on dirait un message !

Tous se précipitèrent, suivis par Benjamin encore tout étourdi. Léo ramassa le paquet, défit le lacet qui retenait le papier et s'écria :

— C'est un message pour nous ! Qui sait lire ici ?

— Moi, ze sais lire, dit aussitôt Léanne. Ze suis en deuxième année. Passe-moi le messaze.

Benjamin aussi savait lire, mais à cause du sort de Dame Flamboyante, il avait oublié. Il préféra garder cela pour lui. Et, dans un silence recueilli, Léanne se mit à lire.

«Cers enfants, mes suzets,

Nous sommes dans un grand péril. Z'ai compris grâce à vos deux amis que ze suis victime d'un sortilèze qui m'empêce de grandir depuis très longtemps. Ze devrais être un homme, maintenant, mais ze suis toujours un enfant gouverné par le Grand Çambellan et la souveraine des Bonnes Fées, Dame Flamboyante. Ils me gardent prisonnier. Ils sont très danzereux. Ils ont fait de ce royaume un endroit où tout le monde est pareil, où il n'y a plus de fantaisie ni de surprises. Ils disent que c'est nécessaire pour maintenir l'ordre. Ils interdisent la musique et les ceveux frisés, la barbe à papa et la gomme balloune, ils ont fait disparaître tout ce qui sortait de l'ordinaire. Ils ont commencé avec les Vilaines Sorcières. Ils leur ont fait subir de terribles punitions pour les "guérir" de leur vraie nature. Il faut que cela cesse. À cause d'eux, ce royaume est devenu terne et triste, il a perdu la zoie de vivre. Il faut faire vite. Ze crois que Belle d'Amour a été çanzée en Loup-garou et que Benzamin a reçu un sort de perte de mémoire. Trouvez la Vilaine Sorcière, allez la voir. Expliquez-lui que z'ai besoin de secours pour libérer le royaume de l'emprise des Bonnes Fées. Peut-être qu'elle pourra nous aider. Après tout, elle connaît la mazie, elle aussi. Ze compte sur vous, tout le royaume compte sur vous.

Votre roi,

Louis»

Après un instant de silence stupéfait, tous se mirent à parler en même temps.

— Ça alors, disaient-ils, quelle aventure ! Et où est-ce qu'elle est, la Vilaine Sorcière ? Il faut la trouver ! Et si elle nous mange ? Et Belle d'Amour, est-ce qu'elle peut nous manger, maintenant ?

— Chut ! finit par dire Benjamin. Racontez-moi tout depuis le début. Peut-être que la mémoire va me revenir, ou alors au moins je pourrai penser à ce qu'on doit faire.

Alors les enfants, d'abord tous en même temps, puis un par un après que Benjamin leur eut conseillé de lever la main avant de parler, lui firent le récit des événements.

— Bon, dit-il après que chacun eut parlé. Donc, il faut trouver cette Vilaine Sorcière. Mais où est-elle ? Comment faire pour la reconnaître ?

— Allons frapper à toutes les portes qui ne sont pas celles de nos familles ou que nous ne connaissons pas, suggéra Mia.

— Excellente idée, dit Benjamin ! Allons-y !

Aussitôt dit, aussitôt fait. Tous les enfants se mirent à défiler dans les rues du village, à la recherche d'une maison dont ils ne connaîtraient pas l'occupante. Encore une fois, les parents avaient beau les appeler du perron, leur ordonner par les fenêtres de rentrer à la maison tout-de-suite-sinon-pas-de-dessert, et patati, et patata, les petits courageux savaient que sur leurs épaules reposait le salut de tout un royaume et que ça, c'était bien plus important qu'un morceau de gâteau ou quelques biscuits aux pépites de chocolat !

Mais, à mesure qu'ils parcouraient le village, le découragement les gagnait. Toutes les maisons étaient identiques. Aucun moyen de repérer quoi que ce soit d'inhabituel. Les enfants commençaient à désespérer quand, tout à coup, ils entendirent un bruit étrange et assez effrayant.

— Rrrrrrrrrrrrrrrrrrrrr ! Flblbfblfblffblbl ! Prrrrrrrt ! Rrrrrrrrrrrrrrrrrrr ! Flblbfblfblffblbl ! BHrrbrrrbrrr rrrrô rroôôoon ! Mgnmgnmgnfph !

Mais qu'est-ce que c'était ?

— Est-ce… est-ce que c'est le Loup-garou ? demanda Léanne d'une voix minuscule.

Tout le monde frissonnait de peur, même Benjamin. Il faut dire que personne n'avait jamais entendu un bruit semblable ! Benjamin fit taire la peur qui lui criait dans la tête de s'enfuir à toutes jambes, puis il dit :

— Allons voir d'où vient ce bruit, les amis. Ça n'est sûrement pas un Loup-garou, puisqu'on est en plein jour au milieu du village. C'est peut-être important ! Allons-y !

Et il fonça dans la direction d'où provenait le bruit. D'abord hésitants, puis gagnés par l'enthousiasme de leur ami, les autres enfants lui emboîtèrent le pas. Ils étaient sur le bon chemin, puisque, plus ils avançaient, plus le bruit devenait fort.

— Rrrrrrrrrrrrrrrrrrrrrr! Pfffmgnmgn! Flblbfblfblfbl! Rrrrrrrrrrrrrrrrr! Flblbfblfblffblbl! BHRRBRRBRR RRRRÔ ROÔÔOO GNMGNM-GNF! RHRH! RH! RH! RRMMPH!

Les enfants tremblaient littéralement de peur. Ils étaient sur le point de faire demi-tour, quand ils aperçurent sur le rebord d'une fenêtre, faisant le sphinx au soleil, un gros chat jaune qui les observait entre ses paupières mi-closes.

— Rrrrrrrrrrrrrrrrrrrrr! Flblbfblfbblbl! Rrrrrrrrrrrrrrr! Flblbfblfblffblbl!

Chaque fois qu'on entendait «pfblblblblbl!», le poil du gros chat jaune se retroussait, comme poussé par une espèce de vent qui serait venu de la maison. Les enfants restèrent sans bouger, regardant le chat et ses poils qui se faisaient dépeigner par le souffle mystérieux qui provenait de l'intérieur. Au bout d'un petit moment, une voix traînante les fit sursauter.

— Cchch! faisait cette voix. Vous n'avez jamais vu un chat qui fait la sieste au soleil? CChchch! Allez vous-en, bande de chenapans, ou moi et ma maîtresse, on va vous faire cuire dans le grand chaudron pour vous manger! Chchchch!

Après avoir regardé autour d'eux et n'avoir vu personne, les enfants furent bien obligés d'admettre que c'était le gros chat jaune qui avait parlé, le gros chat jaune qui faisait maintenant le dos rond en montrant les dents.

— Chchchchchch ! crachait-il encore pour effrayer les intrus. Fuyez devant le grrrrrand Jaunisse, le férrrroce matou !

— Que personne ne bouge, chuchota Benjamin. Un chat qui parle, ça me fait penser que nous ne sommes pas loin du but. Taisez-vous, tout le monde, je vais m'approcher. Vous autres, vous restez là. Vous bougerez seulement s'il m'attaque.

Benjamin commença à marcher très doucement vers le chat qui, maintenant, en plus de faire le gros dos, crachait et grondait.

En vérité, ce n'était pas un chat dangereux, mais il faisait tout son possible pour faire fuir ces indésirables qui risquaient de réveiller sa maîtresse. Si Grosspafine se réveillait, ce serait lui, Jaunisse, qui serait pris avec sa mauvaise humeur, et pas eux ! Mais, qu'est-ce qu'il faisait, ce garçon aux yeux bleus ? Il s'approchait ? Il osait s'approcher ! Jaunisse maudissait sa petite taille : s'il avait été un tigre, comme son grand-oncle Shere Khan, personne n'aurait même eu l'idée de s'approcher de lui ! Il se mit à feuler de plus belle, oubliant le sommeil de sa maîtresse, occupé seulement par la volonté de devenir aussi terrifiant que son grand-oncle Shere Khan, le Grand Tigre Mangeur d'Hommes, la Terreur de toutes les Forêts des Indes.

— Mîîîâââwchchchhh ! tentait-il de rugir, tandis que les enfants le regardaient les yeux ronds, peu à peu gagnés par une grosse envie de rire devant ce minet qui se prenait pour une bête féroce.

Mais Benjamin leur fit signe de se retenir.

— Ô Noble Félin, dit-il en se tournant vers Jaunisse, comme ce rugissement résonne à mes oreilles ! On croirait entendre un Grand Fauve de la Jungle !

Flatté par ces paroles, Jaunisse ne put s'empêcher de répondre.

— Oui, n'est-ce pas ? miaula-t-il. Ça fait des années que je peaufine ce numéro. J'ai de la famille en Inde, vous savez, des animaux trrrrèèèès dangereux. Je tiens mon talent de la branche orientale de ma famille, termina-t-il en se léchant les poils d'un air majestueux.

Benjamin se dit que, si un jour les chats disparaissaient, ce serait par la faute de leur orgueil. Puis il poursuivit :

— Messire Grand Félin, quel est ce bruit impressionnant qui sort de la maison dont vous êtes le noble gardien ?

Le chat se rengorgea.

— Ça, petit microbe, fit-il d'un air dédaigneux, c'est le sommeil de ma maîtresse. Personne ne doit la réveiller. Sinon il aura affaire à moi. Schschsch !

Benjamin sentait qu'il touchait au but. Il poussa un peu plus loin.

— Voyons, dit-il avec un clin d'œil, ce ne doit pas être si grave de réveiller votre maîtresse. On est en plein jour, ce n'est pas le moment de dormir !

— Oooooh ! fit le chat en ouvrant de grands yeux jaunes, c'est que vous ne savez pas combien elle a besoin de ce sommeil-là ! Cela faisait des mois qu'elle ne dormait plus à cause de ses cauchemars, elle devenait vraiment épouvantable, j'étais à la veille de m'en aller vivre chez une autre Vilaine Sor... Oups ! Qu'est-ce que j'allais dire là, moi ! Ne vous occupez pas de ça, je déraille un peu. Allez, au revoir !

Le chat se lécha la patte droite et, rapide comme le sont tous les félins, il sauta de la fenêtre et disparut derrière un mur en marmonnant qu'il avait une souris à rattraper.

Les enfants se regardèrent. Des sourires de triomphe se dessinaient sur les visages.

— Bingo ! dit Benjamin, on l'a trouvée !

Et durant tout ce temps, Grosspafine n'avait pas cessé de ronfler une seule minute.

— Rrrrrrrrrrrrrrr ! Flblbfblfblffblb ! Rrrrrrrrrrrrrrr ! Flblbfblfblffblbl ! BHrrrbrrrbrrrr rrrrô rroôôoooon ! Mgnmgnmgnfph !

9

Une nouvelle amie pas ordinaire

« Rrrrrrrrrrrrrr ! Flblbfblfblffblb ! Rrrrrrrrrrrrrrr ! Flblbfblfblffblbl ! BHrrrbrrrbrrrr rrrrô rroôôoooon ! Mgnmgnmgnfph ! »

Les ronflements qui provenaient de la maisonnette étaient quand même assez effrayants. Et il y avait de quoi, parce que, quelle que soit la chose qui les émettait, ils étaient tellement forts qu'on les entendait à travers la fenêtre ! Les enfants échangeaient des regards pleins de points d'interrogation. C'était bien beau d'avoir trouvé la Vilaine Sorcière, mais, maintenant, qu'est-ce qu'on allait faire ? On ne pouvait même pas compter sur son chat, qui avait l'air d'un beau pas gentil.

Benjamin, à qui la mémoire revenait tranquillement, finit par dire :

— Bon, écoutez, dit-il, je vais y aller, moi, la réveiller. Elle ne peut pas être pire que Dame Flamboyante.

Léanne s'interposa.

— Non, Benzamin, intervint-elle, c'est très danzereux de réveiller une Vilaine Sorcière qui dort, elle pourrait peut-être te manzer si tu es trop proce d'elle, ou ze ne sais pas, on ne sait zamais. Ze crois qu'on devrait la réveiller tous ensemble.

— Mais comment ? demandèrent les autres.

— Nous allons santer une sanson, déclara Léanne.

— Quelle chanson ? s'enquirent les enfants.

— C'est sur l'air de *Meunier, tu dors*, dit la petite fille aux lunettes. Écoutez-moi bien, et après on la santera ensemble.

Léanne commença à chanter :

Sorcière, tu dors, réveille-toi bien vite,
Sorcière, tu dors, avant qu'il soit trop tard,
Réveille-toi, réveille-toi, réveille-toi bien vite,
Réveille-toi, réveille-toi, avant qu'il soit trop tard,

Réveille-toi, réveille-toi, réveille-toi bien vite,
Réveille-toi, réveille-toi, avant qu'il soit trop tard,

— Waouw ! Où as-tu appris cette chanson-là, Léanne ? demanda le petit Léo.

— Ben... Nulle part... Ze viens zuste de l'inventer ! s'écria Léanne.

— Super ! s'exclama Benjamin. Nous avons tous des talents différents ! Si on les met ensemble, on deviendra très forts. On essaie, alors ?

— Ouiiiiiiiii ! répondirent les autres.

— Léanne, continua Benjamin, vas-y la première, et on va chanter avec toi.

Léanne hocha la tête et commença la chanson, puis tous les enfants l'entonnèrent à leur tour.

Puis ils s'arrêtèrent pour tendre l'oreille. Le seul bruit qui provenait de la fenêtre était le ronflement de la Vilaine Sorcière. Mais il paraissait moins tranquille qu'au début :

— Rrôh hrrhoôô ! Mmgnmgnmgn, phfoû hââaââäwh ! Mgnmgnmgn. Rrhôrrh, pfffft !

On entendit craquer, grincer, gémir un lit qui semblait carrément se faire martyriser. Manifestement, la chanson avait dérangé la Vilaine Sorcière. Elle commençait à gigoter.

— Encore une fois, dit Benjamin, plus fort!

Et les enfants recommencèrent à chanter, le plus fort qu'ils pouvaient.

Puis ils écoutèrent à nouveau. Tout était étrangement silencieux. Plus de ronflements. Plus de grincements de lit. Rien. Seulement le ploc-ploc d'un glaçon qui dégouttait, quelque part non loin de là.

— Ploc-ploc, ploc-ploc, ploc-ploc...

Immobiles, les enfants attendaient qu'il se passe quelque chose. Ils n'osaient plus bouger.

— Ploc-ploc, ploc-ploc, ploc-ploc...

...

— Qu'est-ce que vous faites ici??!!!! hurla soudain une voix dans un grand fracas de fenêtre qui s'ouvre à la volée.

— Hiiiiiiiii! crièrent les enfants.

Ils avaient sursauté tellement fort que l'un deux s'était cogné la tête contre l'appui de la fenêtre, de laquelle il s'était approché pour mieux entendre. C'était le petit Léo. Il se mit à pleurer.

— Bouhouhouuuu...

Tous reculèrent tandis que Léanne essayait de consoler son ami qui pleurait. Seul Benjamin resta près de la fenêtre pour faire face à la bonne femme qui s'y tenait, visiblement furieuse. Quand elle ouvrit la bouche pour parler à nouveau, son haleine était tellement nauséabonde que Benjamin faillit se sentir mal.

— Pourquoi vous êtes venus me déranger, petits morveux ? grinça la femme.

À chaque mot qu'elle prononçait, des postillons malodorants pleuvaient sur la tête de Benjamin. Il devait vraiment faire un gros effort pour rester en face d'elle – pouah ! qu'elle sentait mauvais ! – et lui adresser la parole.

— Bonjour, madame la Vilaine Sorcière, dit-il avec son plus beau sourire. Je m'appelle Benjamin, et voici Léanne, Mia et Léo. Tous les autres sont comme nous des enfants du village. Nous aurions peut-être besoin de votre aide.

— Hein ?! Mon aide ? répondit Grosspafine (car vous l'aviez deviné, c'était elle). C'est bien la dernière chose à laquelle je me serais attendue. Mais… Attendez… poursuivit-elle en fronçant les sourcils, ce ne serait pas une ruse de Bonne Fée, ça ? Hmmm ?

— Non, au contraire, madame, expliqua Benjamin. Regardez, nous sommes ici, les enfants du village, parce que nous avons vraiment besoin d'aide. D'abord, quelqu'un nous a pris nos beaux rêves et nous avons des raisons de penser que c'est vous.

— Je ne sais pas de quoi tu parles, rétorqua la Vilaine Sorcière d'un air méfiant.

— Écoutez, nous ne vous voulons aucun mal, poursuivit Benjamin, nous pouvons vous aider aussi, peut-être. Je suis entré dans le château. Dame Flamboyante m'a jeté un sort et je ne me souviens plus très bien de ce qui s'est passé. Je sais que mon amie Belle d'Amour est sa prisonnière. Je sais que Dame Flamboyante contrôle le roi. Je sais aussi que les Bonnes Fées veulent garder le pouvoir absolu sur le royaume et qu'elles enferment les gens de votre espèce dans de terribles Écoles de Bonnes Manières où elles leur font subir une éducation très dure, avec des grosses punitions épouvantables. Je sais que les Vilaines Sorcières qui réussissent à apprendre les bonnes manières de cette façon font d'horribles cauchemars pendant tout le reste de leur vie.

— Mais le roi, intervint Léanne en s'approchant de la fenêtre, il dit qu'on peut apprendre à vivre avec les différences de tout le monde, et puis que c'est ça la vraie zoie de vivre, puis que les Bonnes Fées, en rendant tout le monde pareil, elles ont enlevé la zoie de vivre.

— Qu'est-ce que c'est que ces drôles de fenêtres que tu as dans la figure? s'intéressa Grosspafine d'une voix bourrue, mais déjà moins agressive.

— C'est des lunettes, répondit gentiment Léanne. Si ze les enlève (elle le fit et plissa les yeux aussitôt), ze vous vois tout embrouillée. Si ze les porte (elle les remit), ze vois les çoses et les zens comme ils sont.

— Hmmm! Quelle magie intéressante! dit Grosspafine.

— Hihihi! pouffa Léanne. C'est pas de la mazie, c'est zuste des lunettes! Voulez-vous les essayer?

Grosspafine fit «oui» de sa grosse tête malpropre et dépeignée, et la toute petite fille lui tendit ses lunettes par la fenêtre en se haussant sur la pointe de ses tout petits pieds. La Vilaine Sorcière saisit les petites lunettes roses dans ses gros doigts crasseux, les examina un peu, puis les posa sur son grand nez pointu plein de verrues.

— Hééé! s'exclama-t-elle avec un grand sourire jaune, dites donc, qu'est-ce qu'on voit bien, là-dedans!

Tu penses que je pourrais en avoir moi aussi? ajouta-t-elle en se penchant vers Léanne qui retint son souffle pour ne pas sentir son horrible haleine.

La petite fille lui expliqua que n'importe qui pouvait se faire fabriquer des lunettes, mais qu'il fallait d'abord voir l'optométriste pour un examen de la vue. Puis elle ajouta :

— Mais vous savez, madame la Vilaine Sorcière, il faudrait d'abord vous laver les dents.

— Laver? interrogea la Vilaine Sorcière.

— Oui, les rendre propres, renchérit Benjamin tandis que tout le monde s'approchait de la fenêtre, puisque la Vilaine Sorcière ne semblait pas si terrible après tout.

— Les rendre propres? répéta encore Grosspafine.

Et les enfants expliquèrent à Grosspafine comment les bactéries cariaient les dents et causaient la mauvaise haleine. La Vilaine Sorcière était complètement stupéfaite d'apprendre que l'odeur d'une bouche pouvait à elle seule empêcher les gens d'avoir envie de vous parler. Elle demanda aux enfants s'ils voulaient bien lui montrer comment faire.

— Entrez, les petits, les invita-t-elle, je vais vous servir une bonne tasse de jus de chenille bien frais.

Après avoir fait signe aux autres de les attendre, Benjamin prit Léanne par la main, et ils pénétrèrent tous les deux dans la maison de la Vilaine Sorcière. Il faisait très sombre à l'intérieur. Et, bien entendu, cela sentait mauvais!

Grosspafine vint à leur rencontre en traînant les pieds, arborant le plus joli sourire qu'elle était capable de produire.

— Heeuu... Ben... Moi, mon nom, c'est Grosspafine. Je n'ai pas souvent de visite ici. Je vous offre un peu de jus de chenille?

— Non merci, madame Grosspafine, nous ne prendrons pas de jus de chenille, dit poliment Benjamin.

— Quoi??? se fâcha la Vilaine Sorcière. Comment ça, pas de jus de chenille? Vous croyez qu'il n'est pas bon, mon jus de chenille, ou quoi?

— Mais non, mais non, mais non, madame, la rassura Benjamin. Nous ne voulons pas vous offenser. Simplement, nous n'avons pas l'habitude de ce genre de jus-là et nous avons peur de ne pas l'aimer.

— Tu sais, Benzamin, glissa Léanne à l'oreille de son ami, on pourrait y goûter zuste un peu, à son zus de senille. C'est peut-être bien bon. Les oiseaux, ils en manzent tout le temps, des senilles, et ils ne sont pas malades. Ze crois aussi que ça ferait très plaisir à la dame qu'on accepte ce qu'elle nous offre.

— Oui, tu as raison, admit le petit garçon. Hum, hum. D'accord, madame Grosspafine, mais juste un peu pour goûter.

— Oh, comme ils sont mignons. Voiiiiilà, dit-elle, attendrie, en leur versant à chacun une immense tasse d'un liquide verdâtre.

— Vous savez, dit Léanne, quand quelqu'un dit «zuste un peu», il faut en mettre zuste un peu, c'est une question de respect.

— Respect? Qu'est-ce que c'est? dit Grosspafine en fronçant les sourcils.

— C'est quand on prend les zens comme ils sont, qu'on n'essaie pas de sanzer leurs différences, dit la petite fille. Si vous aimez le zus de senille, par exemple, ça ne veut pas dire que tout le monde est oblizé d'aimer ça! Mais nous, par respect pour vous, on va goûter pour montrer qu'on accepte vos différences.

Je vous jure que notre Vilaine Sorcière était bien étonnée! Personne ne lui avait jamais dit de pareilles choses: respect, différences, se laver les dents, mais qu'est-ce que c'était que ce charabia? Cependant, Benjamin, sous le regard attentif de Léanne, avait entrepris de goûter le jus de chenille. À sa grande surprise, lui qui se préparait à combattre une terrible envie de vomir, il n'eut même pas un petit frisson de mal de cœur. Pas du tout, au contraire! C'était frais, cela avait un petit goût de feuilles avec une pointe d'amertume. C'était surprenant, mais pas mauvais du tout! Encouragée par l'expression de Benjamin, Léanne but à son tour et sourit. Toute réjouie, Grosspafine s'en versa un grand verre et les invita à s'asseoir à sa table couverte de vaisselle sale. Et les deux amis, en faisant un effort pour ne pas remarquer les insectes qui allaient et venaient entre les assiettes, entreprirent de raconter leurs aventures depuis le début. Grosspafine promit de les aider du mieux qu'elle pourrait et de leur rendre leurs beaux rêves. Ce n'est qu'au coucher du soleil qu'ils quittèrent Grosspafine en lui annonçant qu'ils reviendraient le lendemain, non sans que Léanne ait pris soin de lui expliquer comment brosser ses dents, prendre un bon bain et se laver les cheveux. La petite fille lui fit une caresse sur la joue avant de refermer la porte, et lui dit :

— Tu sais, Grosspafine, quand les zens qu'on aime sentent bon, ça donne envie de leur faire des bisous !

Alors, tandis que les enfants du village, épuisés, retournaient chacun chez soi pour une bonne nuit de sommeil, Grosspafine s'enferma dans sa salle de bains. Elle s'examina longuement dans la glace, regarda ses dents, tenta de sentir son haleine, passa ses doigts dans ses cheveux gras...

— Ouais, se dit-elle, c'est peut-être vrai que ce n'est pas très agréable, quelqu'un qui n'est pas propre.

Alors, pour la première fois de sa vie, Grosspafine se fit couler un bain. Et pour la première fois depuis bien longtemps, elle avait hâte au lendemain pour retrouver ses amis. Ah, ah, ils seraient surpris, elle allait sentir aussi bon que la petite Léanne. Et peut-être que la fillette aurait envie de lui faire un bisou...

Personne ne lui avait plus jamais fait de bisou, depuis qu'elle avait perdu sa famille ! En fait, pour la première fois de sa vie de Vilaine Sorcière solitaire, Grosspafine avait envie de faire plaisir à quelqu'un d'autre qu'à elle-même !

10

Dans la Forêt Profonde

Pendant que les enfants dormaient tranquillement dans leur petit lit et que leurs parents se demandaient ce qu'ils avaient bien pu faire de tout ce long dimanche, Grosspafine découvrait le bonheur de se prélasser dans un bon bain chaud.

Mais Belle d'Amour, elle ? Que lui était-il arrivé ?

Eh bien, tout de suite après que la Fée Dame Flamboyante lui ait dit : « Va donc retrouver ton père ! » elle s'était sentie aspirée, comme si elle avait été avalée par une paille de géant : « Ssfffffûtt ! » Et puis elle s'était retrouvée, un peu brutalement il faut le dire, assise par terre, dehors, tout étourdie.

Elle regarda autour d'elle et comprit rapidement où elle se trouvait. Bien sûr! La Bonne Fée l'avait envoyée retrouver son père. Elle était donc dans la Forêt Profonde! Elle eut un peu peur sur le coup, parce que cette Forêt-là avait la réputation d'abriter toutes sortes de Créatures Étranges pas recommandables pour deux sous. Mais cette frayeur dura à peine le temps d'un frisson: après tout, son papa s'y trouvait aussi, dans cette Forêt! Toute réjouie, elle tenta de se mettre debout pour l'appeler en chantant la chanson du Loup-garou. Mais... Que se passait-il donc? Impossible de tenir sur ses jambes! Que se passait-il, que se passait-il?

Belle d'Amour eut soudain un terrible souvenir de la seconde précédente, où elle se trouvait dans le château avec la reine des Bonnes Fées et, lentement, elle pencha la tête vers ses mains... Oh, non! Elles étaient toutes poilues. Oh! Ses pieds aussi! Son cou, son ventre, son dos, tout son corps s'était recouvert d'une magnifique fourrure gris argenté. Elle tourna la tête pour voir son derrière et ne s'étonna pas du tout, à ce stade, de voir s'agiter là une belle queue en panache. Elle n'eut pas besoin de toucher ses oreilles pour savoir qu'elles étaient dressées et pointues, ni son nez pour deviner qu'il s'était transformé en un museau, ni sa bouche pour se rendre compte qu'elle était maintenant garnie de crocs bien acérés. Curieusement, elle se sentit réconfortée de constater sa métamorphose : au moins, sous la forme d'un Loup-garou, elle courrait moins de dangers dans la Forêt Profonde ! Et en plus, par-dessus son habit de neige, cette fourrure allait être bien pratique pour ne pas geler.

Alors comme ça, la Bonne Fée l'avait, elle aussi, transformée en Loup-garou ! Au début, Belle d'Amour trouvait cela plutôt drôle, mais tout d'un coup, elle réalisa tout ce que cela impliquait. Elle allait devoir se cacher, éviter les pièges des villageois, elle ne pourrait pas sortir de la Forêt Profonde... Et les délougarisateurs ? Il ne fallait surtout pas qu'elle se fasse changer en un tas de patates pilées ! Comment allait-elle faire, alors, pour aider le roi Louis et les autres enfants du royaume ? « Oh noooooon ! voulut-elle crier. » Mais vous vous doutez sûrement de ce qui sortit de sa bouche au lieu de ce mot-là... Eh, oui. Un hurlement de Loup-garou.

— Haouououououououououououou !

Dans leurs maisons, quand les habitants du royaume de Passilouin entendirent ce long cri désespéré, ils fermèrent vite les volets des fenêtres, verrouillèrent les portes et allèrent vérifier si les enfants étaient bien au chaud dans leur lit. Ils avaient une peur terrible du Loup-garou. S'ils avaient su qu'il y en avait maintenant deux dans la Forêt Profonde, ils se seraient sûrement évanouis ! De toute façon, s'ils avaient eu la moindre idée de toutes les Créatures Étranges qui peuplaient cette Forêt, ils auraient été évanouis depuis belle lurette…

Belle d'Amour ne pleura pas longtemps sur son sort. C'était, on le sait, une petite fille (pardon, une petite Louve-garou) courageuse, et qui n'avait pas qu'un tour dans son sac. Elle se dit que, puisque Dame Flamboyante l'avait envoyée retrouver son père, eh bien, elle allait le retrouver. Et elle savait comment faire. Il ne devait pas être bien loin puisqu'elle avait chanté la chanson du Loup-garou quelques instants plus tôt, lorsqu'elle était dans le tonneau avec Benjamin. Pauvre Benjamin… Elle n'avait aucune idée du sort que la Fée avait pu lui réserver. Peut-être l'avait-elle transformé en crapaud ?

C'était souvent ce qu'elles faisaient avec les petits malcommodes. Mais elle verrait cela plus tard. Pour le moment, elle devait retrouver son père. Elle s'assit sur son petit derrière poilu et, dans la langue des Loups-garous, elle se mit à chanter la chanson qui avait fait si peur à Benjamin.

Hou-ou-ou-ouuuuu, hou-ou-ou-ouuuuuuu
Je hurle à la lune
Hou-ou-ouuuuu…

Une fois la chanson terminée, elle attendit un peu, écouta, et n'entendit que le vent qui chuchotait dans les cimes des grandes épinettes noires :

— Ffffffouoffff !

Elle commençait à s'inquiéter. D'habitude, Barbe Douce répondait très vite à cet appel. Quand elle et sa maman voulaient le voir, elles l'appelaient comme ça. Belle d'Amour comprenait sa langue et pouvait traduire pour sa maman tout ce que disait son papa. Mais cette fois, il ne répondait pas. Il y avait sûrement quelque chose qui l'en empêchait. Déjà, quand elle l'avait appelé du fond des oubliettes du château, il aurait dû venir, ou au moins lui répondre…

— Pourvu qu'il ne soit pas tombé dans un de ces abominables pièges avec tout plein de dents, pensa Belle d'Amour.

Elle n'osait même pas penser au délougarisateur. Elle reprit la chanson, plus fort cette fois.

Tous ces hurlements provenant de la Forêt rendaient les villageois très nerveux. La plupart des papas, et quelques mamans, sortirent le délougarisateur et le chargèrent de beurre et de crème. Certains ajoutèrent même de la ciboulette. D'autres, qui trouvaient la crème et le beurre trop gras pour les patates pilées, les remplacèrent par du bouillon de poulet. La plupart des mamans, et quelques papas, allèrent trouver leurs enfants, qui dormaient d'un sommeil étrangement calme, moins pour veiller sur eux que pour se rassurer eux-mêmes. Ils n'entendaient qu'un concert de hurlements, eux, ils ne pouvaient pas savoir que c'était la chanson d'une petite fille qui appelait son papa. C'était pour cela qu'ils avaient si peur.

Belle d'Amour répéta sa chanson jusqu'à ce que, découragée, elle n'ait pratiquement plus de voix. Elle se coucha sous une épinette, le museau entre les pattes, les oreilles tristement aplaties. Il était sûrement arrivé quelque chose à Barbe Douce. Mais quoi ? Elle essayait d'envisager des solutions, quand quelque chose lui fit dresser les oreilles à nouveau. Des oreilles de Loup-garou, ça peut entendre jusqu'à cent kilomètres. Elle entendait donc quelque chose : c'était un son étouffé, comme provenant d'un trou, oui, cela avait le son de la terre humide... Mais quel était ce bruit ?

Oui ! Cela ressemblait à la chanson qu'elle avait chantée, mais en légèrement différent. La voix était plus grave. La petite fille (oups, pardon ! la petite Louve-garou) se dressa sur ses pattes, un large sourire découvrant ses petites dents pointues, et se mit à courir en direction de ce bruit. Plus elle s'en approchait, plus les mots devenaient distincts : c'était bien la chanson du Loup-garou !

C'était son papa ! Enfin, Barbe Douce lui répondait ! Elle ne serait plus toute seule dans la Forêt ! Elle courait, courait vers la chanson, sa langue rouge de Loup-garou pendait sur ses babines de Loup-garou tant elle était essoufflée, mais ses quatre pattes de Loup-garou couraient vite, vite, bien plus vite que ses deux jambes de petite fille ! Elle arriva bientôt tout près du lieu d'où provenait la voix. Elle cessa de courir et, le souffle court, elle inspecta le sous-bois. Son père ne chantait plus, mais elle sentait son odeur avec son flair de Loup-garou. Mais où était-il donc ! Tout près, tout près, lui disait son nez de Loup-garou. Elle avançait, le museau dans la neige, reniflant avec fièvre. Soudain elle tomba en arrêt, une patte en suspens, les oreilles au garde-à-vous. Quelqu'un l'appelait, d'une voix de Loup-garou comme masquée par une sorte de mur... un mur de terre, lui disaient ses oreilles de Loup-garou.

— Belle d'Amour, ma chérie, je suis ici, disait la voix, ici, dans le trou, je suis tombé dans un piège !

Oui, oui, par là, par là, disaient maintenant en chœur les petites oreilles et le petit nez de Loup-garou de Belle d'Amour. Ses pattes griffaient le sol, sa queue était dressée, on entendait ses reniflements frénétiques, et si elle ne versait pas des larmes de joie, c'est juste parce que les animaux ne savent pas pleurer avec des larmes.

— Papa, papa, jappait-elle doucement, où es-tu ?

— Ici, ma chérie, grondait Barbe Douce du fond de son trou, et les deux voix se rapprochaient de plus en plus l'une de l'autre.

Tout à coup, le museau de Belle d'Amour, qu'elle gardait au ras du sol pour suivre la piste de son père, ne sentit plus que de l'air. Elle s'arrêta brusquement. Un trou.

— Papa?

— Oui, répondit Barbe Douce, oui, ma chérie, mon poussin, mon petit lapin d'amour, je suis là, au fond du trou. Je t'ai entendue, tu m'appelais, mais je ne pouvais pas venir. Ça fait trois jours que je suis pris ici. Tu vas m'aider à sortir. Ta mère est avec toi?

— Non... Papa, il s'est passé quelque chose, dit Belle d'Amour.

— Vite, va chercher maman, la pressa son papa, vous allez m'aider à sortir d'ici et tu me raconteras ce qui t'est arrivé.

— Justement, papa, gémit la petite fille, je ne peux pas retourner au village.

— Comment ça tu ne peux pas? gronda Barbe Douce. On n'en est pas loin, pourtant.

— Ce n'est pas ça, papa... dit Belle d'Amour.

— Quoi, quoi? s'impatienta Barbe Douce.

— C'est que... commença Belle d'Amour, Dame Flamboyante...

— Qu'est-ce qu'elle a encore fait, celle-là? fit le Loup-garou. Grrrr, si elle a touché à ma fille...

— Ben, répliqua la petite fille, elle n'a pas précisément touché à ta fille, mais... Papa, je suis un Loup-garou, maintenant, c'est pour ça que je ne peux pas aller chercher maman au village.

— Noooooooooon!

Ce fut, dans les environs, un hurlement terrible qui retentit alors, un hurlement de colère et de désespoir se répercutant sur les troncs des grands arbres en un écho terrifiant.

11

Le retour du roi

Tandis que Benjamin, Belle d'Amour et les autres vivaient toutes ces aventures, le petit roi Louis, lui, avait été laissé à lui-même et il avait beaucoup réfléchi. Et il était peu à peu entré dans une colère de plus en plus grande. Qu'est-ce qu'on lui avait fait ?! Qu'est-ce qu'on avait fait aux habitants de son royaume ?! Il lui revenait en mémoire des événements qu'il n'avait pas compris quand ils s'étaient passés, parce qu'il était alors un enfant pour de vrai, mais qui prenaient maintenant un sens effroyable. Et depuis tout ce temps, il avait entendu bien des choses... dites par des adultes qui pensaient qu'il ne comprendrait pas. Mais les enfants comprennent beaucoup de choses ! Et là, tout se mettait en place. Il marchait en rond dans sa chambre ronde, la main sur la bouche, les yeux de plus en plus ronds, ronds comme sa chambre.

— Non, non, non, se désolait-il, comment ont-ils pu faire cela !? Je me rappelle de madame Papillon, qui chantait jour et nuit la douleur qu'elle ressentait depuis que son mari était disparu en mer... Elle a disparu. Ils l'ont mise en prison, bien sûr, parce qu'elle ne chantait pas la Chanson Officielle. Tout le monde ne doit chanter que la Chanson Officielle, sauf les jours de fête officiels, uniquement celle-là. C'est quoi, donc, déjà... Ah, oui !

Et Louis se chanta tout bas, pour lui tout seul, la Chanson officielle de Passilouin, qui se chantait sur le même air que *Il était un petit navire* :

Il était un petit royaume,
Il était un petit royaume,
Qui n'avait ja, ja, jamais différé,
Qui n'avait ja, ja, jamais différé,
Oyez, oyez !
Le roi Louis et les Bonnes Fées,
Le roi Louis et les Bonnes Fées

Veillaient à l'ordre et la tranquillité
Veillaient à l'ordre et la tranquillité
Oyez, oyez!
Si par hasard un d'leurs sujets,
Si par hasard un d'leurs sujets,
Faisait preuve d'originalité,
Faisait preuve d'originalité,
Oyez, oyez!
Celui qui troublait l'harmoni-e
Celui qui troublait l'harmoni-e
Se faisait tout de suite emprisonner
Se faisait tout de suite emprisonner
Oyez, oyez!
Ooooooyeeeeeeeez!

— Oh la, la, s'exclama Louis en s'arrêtant tout net de tourner en rond. C'est épouvantable! On met les gens en prison quand ils sont originaux! Tout le monde est obligé d'être pareil aux autres, mais c'est épouvantable, c'est épouvantable! répétait-il.

Il comprenait tout, maintenant. On l'avait sûrement ensorcelé pour l'empêcher de grandir. Cette épouvantable tisane de vitamines que lui faisait boire le Grand Chambellan tous les soirs, c'était sûrement une potion. Il croyait comprendre aussi que, sous l'effet de cette tisane, il restait aussi obéissant qu'un petit enfant bien élevé. Il faisait entièrement confiance aux adultes qui prenaient soin de lui, et c'était bien normal : d'habitude les adultes savent ce qui est bien et mal, et ils ont toujours de bonnes raisons de dire oui, ou non, et de faire les choses de telle ou telle manière. C'était vraiment terrible pour Louis de se rendre compte que les grandes personnes en qui il avait tellement eu confiance l'avaient trahi. Tous ces gens qui se trouvaient en prison juste pour avoir voulu être eux-mêmes ! Et il n'y avait pas que madame Papillon ! Oh, il se souvenait de tout, maintenant.

Sous l'emprise de la potion, il avait signé beaucoup de documents officiels. Il avait ainsi apposé son sceau sur le mandat d'arrêt de monsieur Perroquet, qui avait tenté de peindre sa maison en bleu et jaune au lieu du Blanc Officiel. Il avait signé celui des sœurs Pouce-Vert, qui avaient planté dans leur jardin des fleurs non autorisées par le *Guide officiel d'horticulture*. Et aussi celui de la famille Joue-Rouge, qui avait joué dehors un jour de repos obligatoire. Et tout dernièrement, celui de ce jeune homme, Bachaendel Vivhaydn, chez qui on avait découvert un violon, au lieu d'une Trompette-de-renommée, seul instrument de musique permis dans le royaume.

— Oh, oh, se lamentait le petit roi en se prenant la tête. Mais on ne peut pas mettre des gens en prison juste parce qu'ils sont différents ! Ça n'a pas de sens ! Je dois faire quelque chose.

C'est ainsi qu'il écrivit pour les enfants le message que vous avez déjà lu. Il l'enroula autour d'un petit caillou tombé du mur de pierre qui s'effritait, l'attacha avec le lacet d'une de ses espadrilles et lança le tout par la fenêtre qui donnait sur l'extérieur du château, à travers l'un des petits trous du grillage qui entravait l'ouverture. Toute la journée, il fit comme si de rien n'était. Le soir venu, il fit semblant de boire sa tisane, puis, après le départ du Grand Chambellan, il la jeta dans la cheminée. Puis il se mit au lit.

Il s'éveilla le lendemain matin, peu avant le lever du soleil. Il lui sembla que l'effet de la potion s'atténuait. Et, en effet, les idées du roi devenaient plus claires. Tout en réfléchissant à ce qu'il allait faire, il se gratta le menton, qui le démangeait curieusement tout d'un coup.

— Bon, ça y est, se dit-il, je dois faire une allergie à quelque chose. Il ne faut plus que je me gratte, sinon ça va me faire des bobos sur la figure.

Alors il mit ses mains dans ses poches, qu'il trouva étrangement plus petites que d'habitude, et se concentra sur ses pensées.

La première chose à faire, c'était de réussir à tromper la vigilance du garde pour pouvoir sortir de cette chambre. Il colla son oreille contre la grosse porte de bois. Rien. Soit le garde dormait, soit il faisait sa ronde. Il frappa doucement sur la porte. Cela rendait un bruit sourd, comme si quelque chose de mou y était appuyé.

Louis replaça son oreille contre la porte et écouta encore plus attentivement. Oui... Oui : il percevait un léger ronflement. Bon, alors on pouvait penser que le garde dormait. Maintenant, il fallait sortir d'ici. Il courut à la seule fenêtre qui n'était pas barricadée et regarda en bas. Ouf ! C'était tellement haut qu'il eut un vertige et dut reculer pour ne plus être étourdi. Impossible de sauter par cette fenêtre sans se briser les os à l'atterrissage. C'était pour cela qu'on ne l'avait pas barricadée. Il se rendit à l'autre fenêtre. Hum, ouais... Elle semblait solidement obstruée. Il tenta de tirer, de pousser, rien à faire. Trop solide pour un petit garçon.

Soudain, pris par une étrange impression, il regarda ses mains. Mais... mais... Il avait du poil sur le dos des mains ! Et... Elles avaient grandi, ses mains ! C'étaient des mains... des mains de... des mains d'homme ! Il baissa la tête pour examiner son corps. Tous ses vêtements étaient bien trop petits pour lui ! Des jambes poilues dépassaient du bas des pantalons, de longs orteils avaient percé le bout des espadrilles, son nombril lui faisait des clins d'œil entre la chemise (dont les boutons avaient sauté, évidemment) et le pantalon.

Éberlué, il se passa une main sur le menton. Eh ! Oui, bien sûr, c'était pour ça que ça le démangeait ! Il avait de la barbe ! Ah, ah, ah ! De la barbe ! Il était devenu adulte ! Ah, ah, ah ! Il riait et dansait de joie dans sa chambre toute ronde. Il n'avait pas pris la tisane maléfique et son effet avait cessé immédiatement ! Voilà pourquoi le Grand Chambellan insistait tant pour qu'il la boive sans faute tous les soirs ! Ah, ah, ah, ah ! Il riait, se tâtait les jambes, les bras, les muscles de la poitrine, faisait bouger ses grands orteils d'homme, caressait fièrement sa barbe toute neuve, émettait toutes sortes de sons fous juste pour entendre sa belle voix grave... Puis, il s'arrêta tout net. Il venait de penser à quelque chose.

— Mais oui, mais oui, se dit-il, un grand sourire se dessinant sur son visage tout neuf de grande personne, c'est bien évident : si je suis un homme, alors j'ai la force d'un homme ! Je peux sûrement la défoncer, cette fenêtre.

Aussitôt dit, aussitôt fait. En trois pas de grande personne, il était devant la fenêtre barricadée. Il appuya ses deux grandes mains sur le grillage et, en le tenant fermement pour l'empêcher de tomber et de faire du bruit, il poussa de toutes ses forces. Il n'était pas habitué à ces forces-là. Il dut s'y reprendre plusieurs fois. Mais soudain, le loquet qui retenait le grillage céda en entraînant Louis qui, emporté par la force de sa poussée, faillit basculer de l'autre côté. Il se retint juste à temps.

— Ouaaaah ! fit-il tout bas, enchanté de sa prouesse.

Sans faire de bruit, il enjamba le rebord de la fenêtre. Une fois sur le rempart, il ôta l'une des planches du grillage, une grosse, bien dure, et, à pas de loup, s'approcha du garde qui, effectivement, dormait, appuyé contre la porte. Il savait que c'était mal d'assommer les gens dans leur sommeil, mais il n'avait pas le choix. Il leva la planche et, de toutes ses forces, l'abattit sur la tête du soldat. Ensuite, avec les gestes les plus rapides et silencieux possibles, il déshabilla le garde (en lui laissant ses caleçons, quand même) et mit ses vêtements, son armure, son casque. Avec ses propres petits pantalons, il attacha les jambes de l'homme, lui ligota les mains avec sa chemise et lui fit un bâillon avec ses caleçons et ses bas. Puis, il enferma soigneusement le bonhomme dans sa chambre, referma la porte à double tour et retourna barricader la fenêtre.

— Bon, une bonne chose de faite, se dit-il. Maintenant, il faut libérer ces pauvres gens.

Et, déguisé en garde, le roi Louis enfin devenu lui-même se dirigea d'un pas ferme vers la tour où l'on gardait les prisonniers, dans la dernière chambre du haut. Bonnes Fées ou pas, il allait ramener la joie de vivre et la fantaisie dans son royaume. Et gare à qui voudrait l'en empêcher !

12

Dans la maison de la Vilaine Sorcière

Le lendemain matin, chaque enfant se réveilla en même temps que le soleil. Tous se dépêchèrent de se laver, de se brosser les dents et de s'habiller, personne ne fit d'histoire ou de complication qui aurait pu finir par une chicane ou, pire, par une punition. Il ne fallait surtout pas perdre de temps : ils avaient tous follement hâte de retrouver Grosspafine.

Ils arrivèrent chez leur nouvelle amie pratiquement tous en même temps. Léanne était tout excitée.

— Les amis, s'écria-t-elle sans reprendre son souffle en arrivant, les amis ! Ze n'ai pas fait de mauvais rêve la nuit dernière !

— Hein ! répondirent les autres.

Puis, le petit Léo remarqua :

— Moi, je n'ai pas fait de rêve du tout.

Les enfants échangèrent des regards et se posèrent la question les uns aux autres : « As-tu rêvé à quelque chose, toi ? » Et la réponse, pour chaque enfant, était toujours la même : « Non. » Même pas un tout petit, minuscule, microscopique mauvais rêve ? Non, non et non. Rien du tout.

— Eh bien ! dit Benjamin, c'est rendu qu'on ne rêve plus à rien maintenant ! C'est vraiment bizarre. En tout cas, c'est moins fatigant de rêver à rien que de rêver à des monstres qui nous courent après, hein ?

Tout le monde approuva, puis ils s'approchèrent de la maison pour frapper à la porte. Oh, surprise ! Celle-ci s'ouvrit toute seule. Et qui était de l'autre côté, un grand sourire jaune étirant son visage boutonneux ?

Bien oui. Grosspafine. En la voyant, les yeux des enfants s'arrondirent comme des soucoupes. D'abord, il était évident qu'elle avait pris un bain. Elle sentait presque bon. Et puis elle avait vraisemblablement brossé ses dents puisque, même si celles-ci demeuraient jaunes, il n'y avait plus de petits morceaux de nourriture qui apparaissaient dans les interstices. Puis d'ailleurs, lorsqu'elle leur cria un «Allooooo!!!!» tonitruant de joie, l'haleine qui leur parvint à travers les postillons était à peu près fraîche. Eh bien! Quelle surprise! Et comme elle avait l'air fière! Ses nouveaux amis la félicitèrent chaleureusement, mais une petite fille blonde aux cheveux soigneusement coiffés avec de grands rubans de soie bleu ciel fit remarquer, avec un certain dédain dans la voix:

— Tant qu'à faire, elle aurait pu se peigner!

Léanne fit les gros yeux à cette petite fille avant d'entourer la Vilaine Sorcière de ses petits bras.

— Tu exazères, Emmeline, dit-elle. Grosspafine a fait un très gros effort pour nous faire plaisir, et tu gâces tout en lui faisant des remarques. Moi, ajouta-t-elle en se tournant vers la Sorcière, ze te trouve très bien. Même que z'ai envie de te faire un bisou!

Et, s'étirant le plus possible sur la pointe des orteils tandis que Grosspafine se penchait en rougissant, Léanne lui posa un baiser sonore sur la joue. La Vilaine Sorcière eut une réaction totalement inattendue. Elle se mit à pleurer.

Pas une petite larme de joie émue, hein, non, non : un torrent de larmes, de sanglots et de hoquets, tout cela tellement bruyant que les enfants, confus, poussèrent la Vilaine Sorcière dans sa maison et fermèrent la porte, de crainte que le voisinage ne se pose des questions et ne vienne voir ce qui se passait. Tout ce monde était un peu à l'étroit dans la cuisine, mais il y avait tant de choses étranges à voir que les enfants oublièrent bien vite qu'ils étaient tassés comme des sardines.

Tandis que Léanne et Benjamin tapotaient le dos de Grosspafine qui pleurait toujours aussi fort, les enfants, fascinés, examinaient cette cuisine étrange. Une grosse marmite trônait dans la cheminée. Autour de celle-ci, sur le mur, des tablettes portaient toutes sortes de récipients étranges, longs, ronds, étroits ou larges, droits ou tordus, avec ou sans becs, ouverts ou fermés. C'était à donner des frissons. Et ce chat, ce gros chat couché sur le frigo, avec sa grosse queue jaune se balançant par saccades, ce fauve qui les regardait derrière ses paupières mi-closes, oui, il les guettait, c'était certain ! Hiiiiiiiiiiii ! Tous les petits se blottirent dans un coin, convaincus qu'ils étaient tombés dans un piège et qu'ils allaient finir bouillis dans la marmite de Grosspafine, qu'ils regardaient maintenant avec des yeux agrandis de frayeur.

La pauvre Vilaine Sorcière hoquetait encore, mais elle avait cessé de sangloter. Benjamin, en lui frottant le dos, apostropha Léanne.

— Tu n'aurais pas dû faire ça ! s'écria-t-il. Tu as vu dans quel état ça l'a mise !

Le petit garçon se rappelait sa propre confusion lorsque, dans le tonneau, Belle d'Amour lui avait fait la même chose.

— Ça fait un effet terrible quand on ne s'y attend pas ! affirma-t-il.

Léanne souriait, elle. Elle savait bien que les larmes de Grosspafine étaient des larmes de joie, et que c'était bien normal que ça sorte comme ça. Quand une émotion est trop grande pour le cœur, ça déborde, ça prend toute la place, ça nous remplit, ça grossit encore, et – pouf ! – ça finit par exploser. Alors on pleure. Des fois, on pleure de chagrin, des fois de joie. Des fois, même, juste parce que c'est trop beau : une musique, une peinture, un poème peuvent nous faire pleurer parce que leur beauté nous emplit tant, que ça déborde. Léanne avait déjà vécu cela devant un coucher de soleil sur le Grand Fleuve : le calme, les arbres, les odeurs de l'eau, de la terre et des arbres mélangées, le cri d'une oie blanche dans le silence, ouf ! Elle était remplie de toute cette beauté, c'était plus qu'elle en pouvait contenir, sa gorge était devenue toute serrée et elle s'était mise à pleurer doucement en remerciant la nature de lui donner de telles joies, des joies toutes simples et extraordinaires en même temps. Alors, c'est vous dire si Léanne comprenait ce que ressentait sa nouvelle amie, qui, elle, n'avait reçu aucun bisou depuis qu'elle avait perdu ses parents ! Alors elle eut un regard apaisant pour Benjamin :

— Ce n'est rien, Benzamin, le rassura-t-elle. Ne t'inquiète pas. Elle est heureuse. C'est zuste qu'elle a perdu l'habitude du bonheur, c'est tout.

Notre Vilaine Sorcière finit par se consoler tout à fait, puis, en reniflant, elle se tourna vers les enfants pour leur sourire. En voyant ses grandes dents, ils reculèrent et se serrèrent comme s'ils avaient voulu rentrer dans le mur.

— Hé ! hé ! hééé ! ricana Jaunisse du haut du frigo, ma chère Sorcière, ces petits asticots ont déjà deviné ce que nous mangerons pour dînerr-rwwaoûw!

— Jaunisse, espèce de sacripant! se fâcha Grosspafine. Arrête de faire peur à la visite. Les enfants, ne vous inquiétez pas, je ne vous mangerai pas, voyons. Ce chat adore faire des mauvaises blagues. Ce sont les Gros Ogres qui mangent les petits enfants, pas les Vilaines Sorcières! Nous, on joue des tours et on a de mauvaises manières. Et puis on connaît la magie des potions. C'est tout.

— Mais... risqua le petit Léo. Dans tous ces pots, qu'est-ce qu'il y a?

— Pooooooots? fit Grosspafine.

— Oui, les pots sur les tablettes, continua Léo. Les petits trucs noirs dans celui-là, ce ne sont pas des pattes de chauve-souris?

— Hi! Hi!! s'esclaffa la Vilaine Sorcière. Mais non, petit comique! Hihihihi! Ce sont des clous de girofle! Ça fait une excellente potion contre le mal de dents!

Les enfants, muets d'étonnement, la laissèrent leur expliquer le contenu de chaque bocal. Les petits ronds roses, c'était du poivre rose pour parfumer le ragoût de limace aux pissenlits. Les petits segments vert pâle, c'était de l'anis vert pour les potions digestives. Ces feuilles grisâtres, de la sauge pour les potions contre la grippe. Cette poudre jaune, du curcuma pour épicer le couscous aux coléoptères. La poudre rouge, du paprika pour le pâté chinois aux vers de terre hachés. Le vert foncé, du romarin pour donner de l'énergie, puis de la menthe pour la tarte aux asticots. Et ainsi de suite, et ainsi de suite. Les pots contenaient tout simplement des ingrédients pour faire la cuisine. Bon, il y avait bien quelques ingrédients bizarres comme des crapauds à bouillir, de la bave de serpent ou de la morve de grands-parents, mais rien de trop dangereux. Quand elle eut fini ses explications, la Sorcière rota longuement en affichant un sourire satisfait.

— Pouah ! s'indignèrent les enfants

— Grosspafine ! Ça ne se fait pas ! dirent Léanne et Benjamin.

— Mais... protesta la Vilaine Sorcière. J'peux pas m'empêcher ! Nous, les Vilaines Sorcières, quand on a fini quelque chose d'important, un discours, un repas, une chanson, on rote ! Et plus c'était agréable, plus il faut roter fort. C'est ma nature. Je ne peux pas la changer. Vous n'allez pas commencer à essayer de me montrer les bonnes manières, hein!

— Miawououou! miaula le chat jaune, attention les petits, la Vilaine Sorcière va se fâchérrrrwaoû-mrrw!

— Ne te fâce pas, Grosspafine! dit Léanne. Nous n'allons pas essayer de çanzer ta nature! Seulement, notre nature à nous, c'est de trouver cela dégoûtant. Nous allons respecter ton besoin de roter parce que nous t'aimons. Mais toi, si tu nous aimes, tu dois nous respecter aussi. Alors, çaque fois que tu roteras, tu devras dire: «Pardon.»

— Pardon?

— Oui. Pardon. Ça veut dire qu'on regrette si ce qu'on a fait a pu déranzer quelqu'un.

— Bon. Je vais essayer la prochaine fois. Prendriez-vous un verre de jus de chenille?

Et, en se levant pour aller au frigo, Grosspafine lâcha un énorme pet. Léanne lui fit les gros yeux et, après avoir réfléchi un instant, puis compris le message muet de sa petite amie, la Vilaine Sorcière s'empressa de dire:

— Pardon!

Les enfants l'applaudirent à tout rompre. Avec un sourire ravi, elle leur servit à chacun un verre de jus de chenille qu'ils burent sous les encouragements de Léanne et Benjamin. Tout le monde fut surpris du goût et de la fraîcheur de ce breuvage pourtant peu appétissant. Grosspafine, le sourire fendu jusqu'aux oreilles, contemplait ses nouveaux amis. Son cœur débordait de joie. Elle se rendait compte à quel point elle avait été seule durant toutes ces années.

— Vous savez, dit-elle après avoir poussé un grand soupir, j'étais tellement contente de vous avoir rencontrés, hier soir, que j'en ai oublié de manger ma tartine de confiture.

Le sourire jaune s'élargit, puis elle continua :

— Et le plus beau, c'est que je n'ai même pas fait de mauvais rêve !

Léanne et Benjamin échangèrent un regard. Tartine ? Confiture ? Mauvais rêves ? Benjamin se tourna vers la Sorcière :

— C'est quoi, Grosspafine, le rapport entre la confiture et les mauvais rêves ? demanda-t-il.

13

Un sauvetage périlleux

Oups ! La pauvre Vilaine Sorcière comprit qu'elle avait fait une gaffe. Maintenant, elle n'avait plus le choix. C'étaient ses amis, elle devait leur dire la vérité. C'est ainsi qu'elle leur raconta toute son histoire, depuis son enfance heureuse de petite fille Vilaine Sorcière dans la Forêt Profonde jusqu'à la fameuse Nuit de la Salière, en passant par toutes ces années où elle avait fait des cauchemars de plus en plus terribles à force de se retenir d'être elle-même.

Les enfants passèrent par toute la gamme des émotions, mais c'était surtout l'étonnement qui les saisissait à mesure que leur nouvelle amie racontait son histoire. Quand elle eut fini, ils étaient tous bouche bée, les yeux écarquillés, une main sur le visage. Ce fut le petit Léo qui rompit le long silence qui suivit cet extravagant récit :

— Ah ben ! s'exclama-t-il. Tu parles d'une histoire de fou ! Si je racontais ça à ma mère, elle dirait que j'ai encore lu trop de romans d'aventures avant de me coucher !

Là-dessus, tout le monde éclata de rire, même Grosspafine, dont le rire grotesque – cela ressemblait un peu aux grognements d'un cochon qu'on chatouillerait trop longtemps – les fit se tordre encore plus. Ils rirent comme ça longtemps, jusqu'à en avoir mal aux côtes.

Pendant que les enfants et la Sorcière riaient comme des vrais vieux amis, le roi Louis, à l'intérieur du château, parvenait enfin à libérer les prisonniers.

Il les avait trouvés dans la chambre du troisième étage de la tour Nord. Ils étaient tous là : madame Papillon avec son air si triste, monsieur Perroquet dans ses vêtements colorés tout sales et délavés, les sœurs Pouce-Vert qui aient désespéré de ne plus jamais voir pousser les fleurs, la famille Joue-Rouge qui avait sérieusement perdu ses couleurs à force de ne pas sortir, le jeune violoniste Bachaendel Vivhaydn, complètement perdu sans son instrument de musique, ils étaient tous ensemble dans une toute petite pièce humide et sombre.

Lorsqu'il ouvrit la porte, ils furent tellement éblouis par le peu de lumière qui provenait de sa torche qu'ils se mirent les mains devant les yeux. Ils avaient peur, aussi, qu'on ne vienne les chercher pour un interrogatoire, ou pire, pour une séance d'apprentissage des bonnes manières. Parce que les Bonnes Fées appliquaient leurs méthodes éducatives, non seulement aux Vilaines Sorcières, mais aussi à tous les humains qui avaient l'air de vouloir être différents ou originaux. Pour Dame Flamboyante, l'ordre et la tranquillité passaient par l'uniformité. Chacun devait être pareil aux autres, comme ça personne n'envierait son voisin ou ne désirerait ce qu'il n'a pas. Ce qu'elle n'avait pas compris, la reine des Bonnes Fées, c'est que le fait d'être différents les uns des autres permet d'éprouver la grande joie de partager, de donner, et qu'en privant les gens de ce bonheur-là, elle les rendait très malheureux.

Donc, les prisonniers, plissant les yeux, pensèrent d'abord que l'homme habillé en garde qui leur rendait visite venait les chercher pour les amener auprès de Dame Flamboyante. Vous pensez bien qu'ils ne l'accueillirent pas à bras ouverts !

— Retournez d'où vous venez, ô méchant garde ! s'écria madame Papillon d'une voix théâtrale. Vous ne pouvez rien contre nous !

— Elle a raison, dirent en chœur les sœurs Pouce-Vert, et même si vous nous coupez les branches, nous repousserons plus fortes que jamais !

— Si vous pensez nous faire perdre le goût de la couleur, vous vous trompez ! renchérit monsieur Perroquet.

— Nous, on veut juste jouer dehors quand ça nous plaît ! implora la famille Joue-Rouge.

— Moi, fit le jeune Bachaendel d'une voix douce, sans mon violon je ne suis rien. Ma musique est tout ce que j'ai. S'il vous plaît, rendez-moi mon violon !

Pauvres gens ! Le roi Louis avait presque envie de pleurer, et en même temps il sentait monter en lui une grande colère. Comment pouvait-on enfermer les gens simplement parce qu'ils ne faisaient pas les choses comme tout le monde ? Cela n'avait aucun sens ! Il se racla un peu la gorge pour la dénouer. Toutes ces émotions lui avaient vraiment donné envie de pleurer, en fin de compte. Puis, de sa voix d'homme toute neuve, il les rassura :

— Mes amis, déclara-t-il, il faut faire vite. Je suis le roi Louis. Je vous expliquerai plus tard comment il se fait que je me trouve ici, maintenant. C'est une longue histoire. J'ai pris les habits du garde qui surveillait ma chambre. Venez, il faut sortir d'ici avant qu'on nous surprenne.

D'abord incrédules, les prisonniers examinèrent le visage de leur présumé libérateur. Mmmmoui... Sous cette barbe, c'étaient les mêmes traits, les mêmes yeux bleus, les mêmes cheveux blonds, le même petit garçon, le petit prince qu'ils avaient pu apercevoir dix ans plus tôt, avant que Dame Flamboyante fasse disparaître ses parents. Ils se consultèrent du regard, se firent des signes de tête et, sans plus attendre, ils sortirent de la chambre à la suite de leur roi.

Dans les ténèbres, après avoir descendu ce qui leur avait semblé des kilomètres d'escaliers, ils longeaient maintenant d'étroits couloirs humides tandis que s'amplifiaient derrière eux les bruits d'une poursuite qui s'organisait. Ils se trouvaient au sous-sol du château. L'écho leur renvoyait les cris des chefs de garde qui donnaient des ordres :

— Par là, toi ! Vous autres, à gauche ! Exécution, s'il vous plaît !

— Sire, chuchota madame Papillon d'une voix tremblante, ils vont nous attraper !

— Non ! répliqua Louis sur un ton tellement ferme qu'il se surprit lui-même. Je connais un souterrain qui mène dans la Forêt Profonde. Quand j'étais petit (petit pour de vrai, avant que Dame Flamboyante ne prenne le pouvoir), je jouais souvent dedans avec mes cousins, les princes et princesses des royaumes voisins. C'est par là ! Et ne parlez plus. Il y a beaucoup trop d'écho par ici.

Ils poursuivirent donc leur chemin en silence. Ils percevaient encore le bruit des armures, mais de plus en plus faiblement. À mesure qu'ils avançaient, le couloir devenait plus étroit, plus humide, plus sombre. Une odeur de terre mouillée se dégageait maintenant des parois. L'un des enfants de la famille Joue-Rouge ne put s'empêcher de s'exclamer :

— Hé ! J'ai attrapé un ver de terre ! C'est le plus gros que j'ai jam…

— CHhhhhhhhhhut ! firent tous les autres.

— Ça va, maintenant, dit le roi. Nous sommes sous la terre. Les gardes ne nous trouveront plus.

— Mais, dit monsieur Perroquet, ils vont nous suivre, ils n'ont qu'à prendre le couloir que nous avons emprunté.

— Non, sourit Louis. Pas de danger, les amis. C'est un couloir secret. Nous avons traversé un mur. En fait, ce n'est pas un mur pour celui qui connaît l'emplacement de l'ouverture magique, mais les gardes ne sont pas au courant. Le château est plein de passages secrets. Quand j'étais un véritable enfant, je les avais presque tous découverts. Pour qu'ils s'ouvrent, il suffit de mettre le bon pied sur la bonne dalle du plancher, et en même temps la bonne main sur la bonne pierre du mur. Vous ne vous êtes rendu compte de rien, hihihi !

Tout le monde se laissa aller à rire, à l'exemple de leur roi enfin retrouvé. Le souterrain remontait, à présent. Ils sentaient parfois des radicelles qui leur chatouillaient le visage. Ils étaient sous la Forêt Profonde. Puis, ils virent un point lumineux. Une ouverture ! Ils avaient tellement hâte de sortir enfin qu'ils se mirent tous à courir, sans faire attention aux racines de plus en plus nombreuses qui leur fouettaient les joues au passage. Enfin, ils débouchèrent dans ce qui avait tout l'air d'être...

— Hé ! Mais nous sommes dans la tanière d'un ours ! dit monsieur Joue-Rouge qui connaissait bien ce genre de choses.

— Rassurez-vous, dit le roi. C'est une fausse tanière d'ours, pour faire peur aux intrus. Venez. Il n'y a pas de danger. J'ai joué bien souvent ici, avant qu'on ne m'enferme dans le château.

Et tous sortirent, un à un, les yeux plissés dans la belle lumière du matin. Cela sentait la gomme d'épinette, la neige crissait sous les pas et l'on entendait le vent qui froissait les branches des grands arbres, et, çà et là, le cri d'un écureuil dérangé dans ses occupations. Comme c'était bon de se retrouver enfin à l'air libre ! Madame Papillon versait doucement des larmes de joie, tandis que les enfants Joue-Rouge se poursuivaient en criant follement, que monsieur Perroquet s'extasiait devant la merveilleuse variété de verts qu'on pouvait observer en cette saison sur les conifères, que Bachaendel composait dans sa tête une sonate à la liberté et que les sœurs Pouce-Vert, elles, examinaient soigneusement la conformation de chaque bout de plante qui pointait hors de la neige.

Mais tout ce beau monde était bien fatigué, en particulier Louis, qui n'avait pas beaucoup dormi.

— Il faut nous reposer, dit-il après un moment. Dormons un peu, et ensuite nous ferons un plan.

Tout le monde acquiesça, après avoir échangé des regards. On s'installa dans la tanière, les uns contre les autres pour se garder au chaud, et l'on ne tarda pas à s'assoupir. La Forêt Profonde résonna bientôt des ronflements tranquilles de ses invités surprises. Un seul parmi eux entendit les hurlements de désespoir de Belle d'Amour et de son père, Barbe Douce, qui, pas très loin de là, se rendaient compte qu'ils étaient bel et bien prisonniers de la terrible méchanceté de Dame Flamboyante.

Bachaendel Vivhaydn était musicien. Il avait l'oreille fine : rien ne lui échappait. Il réveilla doucement Louis et lui dit tout bas :

— Sire, je crois qu'il y a des loups dans cette Forêt !

14

Les Loups-garous

« Hein, quoi ! dit le roi Louis, encore tout pétri de sommeil, comment ça, des loups ? »

— Oui, oui, insista Bachaendel. Chut chut ! Écoutez...

Le roi tendit l'oreille dans la direction que lui indiquait le musicien. Oui, il n'y avait pas de doute, on entendait bien des hurlements. Il fronça les sourcils. Il y avait de la Dame Flamboyante là-dessous ! Il jeta un regard circulaire autour de lui. Tout le monde s'était endormi, sauf Bachaendel et lui-même.

— Écoutez, chuchota-t-il à Bachaendel. Cela ne sert à rien de réveiller les autres. Nous allons, vous et moi, aller voir ce qui se passe.

Le musicien répondit par un hoquet de frayeur.

— Hiik ! Sire, mais ils vont nous manger ! Ou pire, si ça se trouve, ils n'auront pas très faim, ils vont nous prendre deux ou trois bouchées puis ils vont nous laisser là, blessés, saignants et douloureux, en attendant de revenir terminer leur repas ! Ho non, non, non, Siiiiiire, vous ne pouvez pas me faire çahahahaaaaaa !

Le jeune monsieur Vivhaydn était hystérique. Il était maintenant à genoux devant Louis et, les deux bras convulsivement serrés autour des cuisses royales, il pleurait à chaudes larmes en répétant :

— Je vous en prie, je vous en priiiiie !

Louis détacha doucement les bras de Bachaendel d'autour de ses cuisses.

— Chhhhhhhut ! vous dis-je. Vous allez réveiller les autres. Voyons, mon ami, dit-il doucement, voyons, je ne vous entraînerais pas dans le danger, croyez-moi. J'ai plutôt l'impression que les voix que nous entendons sont celles d'amis qui ont besoin de nous. Allons, reprenez-vous et suivez-moi. J'ai besoin de votre oreille fine pour me guider à travers la Forêt Profonde.

Ragaillardi par ce compliment, le musicien se mit sur ses pieds, tendit l'oreille et, au bout d'un petit moment, fit signe à Louis de le suivre.

La Forêt Profonde était très dense et il était difficile d'y avancer, surtout l'hiver. Le roi se souvenait que, dans sa véritable petite enfance, le sous-bois y était agréable, dégagé, le sol était moelleux, il y poussait des tas de grandes fougères qui sentaient bon et qu'on pouvait utiliser pour faire des toits de hutte. Tout cela avait bien changé. On aurait dit que l'intolérance de Dame Flamboyante avait contaminé toute la nature. Maintenant, il n'y avait plus de fougères : elles avaient été remplacées par des broussailles tordues qui, même en plein hiver, sortaient de la neige pour se prendre dans vos pieds et qui piquaient vos joues. On avait même l'impression, parfois, qu'elles faisaient tout leur possible pour vous entrer dans les yeux. Dans les rares endroits que la neige n'avait pas recouverts, sous les arbres à la ramure très dense, Louis remarquait qu'à la place des délicieux plants de bleuets qu'il avait tant aimés quand il était enfant, il n'y avait que des tiges sèches et pleines de piquants. Toutes les plantes comestibles, en fait, avaient été remplacées par des plantes toxiques. Les chants des mésanges, si agréables dans le silence de la saison froide, avaient fait place aux cris des corneilles et aux grincements sinistres des branches mortes. Et plus ils avançaient vers leur but, pire c'était.

— Si-Sire, fit le musicien en avalant de travers, cette Forêt Profonde ne me dit vraiment rien qui vaille. Et puis j'ai froid aux pieds.

— Faites-moi confiance, Bachaendel. C'est un coup de Dame Flamboyante pour décourager les gens d'aller dans la Forêt Profonde, j'en suis sûr. Écoutez, on approche.

En effet, les hurlements des loups (si c'était bien cela !) s'étaient considérablement rapprochés. Même qu'ils n'étaient plus loin du tout. Même qu'ils étaient tout près. Même qu'on aurait dit qu'on allait marcher dess...

— Siiiiiiiire ! cria le musicien.

Schchwouschsch ! Tout d'un coup, dans un grand bruit de branches cassées et de neige, Bachaendel avait disparu en hurlant. Louis resta stupéfait pendant une seconde, puis il appela :

— Bachaendel ! fit Louis. Où êtes-vous ?

— Ici, répondit une voix étouffée, ici, je suis tombé dans un trou. Ho ! Sire, Majesté, faites vite, je crois que les loups sont dans le trou eux aussi !

Pauvre musicien ! Il était proprement terrorisé. Louis avait envie de rire, mais il devait s'occuper de son ami, il ne pouvait pas le laisser comme ça.

— Courage, mon ami, dit-il de sa voix ferme de roi qui sait ce qu'il a à faire, je vais vous tirer de là !

Un concert de hurlements, traversé çà et là par des gémissements humains, lui répondit.

— Oui, oui, vous aussi je vais vous tirer de là ! ajouta Louis en riant, car même s'il n'était pas tout à fait sûr que l'aventure soit sans danger, il fallait que Bachaendel continue de lui faire confiance, sinon il était bien capable de paniquer.

Comment allait-il faire ? Il pouvait fabriquer une corde avec des racines et y faire grimper le musicien, mais les loups ne pourraient pas, eux. Ils avaient des pattes, des griffes, ils ne pouvaient pas se tenir à une corde. Il fallait faire autrement. Tout en réfléchissant, Louis grattait la neige avec ses pieds, ramassait et coupait de longues racines d'épinettes qui affleuraient au sol, il les nettoyait et les tressait les unes aux autres. Tout concentré qu'il était, il n'entendait plus la voix du musicien, qui n'avait pas cessé de pleurnicher depuis qu'il était dans le trou avec les loups. Bon, oui, c'est vrai que c'est normal d'avoir peur quand on est dans un trou avec des loups, mais là, ce musicien exagérait un peu ! S'il avait eu affaire à des vrais *canis lupus* (c'est le nom savant pour les loups), il aurait été croqué depuis longtemps. Aussi, tout à son tressage de corde méditatif, il n'entendit pas le cri de détresse de son ami.

— Sire ! pleurait-il. Majesté ! Aaaaaaah ! Ils sont deux ! Il y en a un qui s'approche ! Ce… C'est vraiment petit, ici, je ne peux pas me sauver… Hiiiiiii ! Au secours, au sec… haaaa ! Ha aha ahahahahah ha ! Arrêêêête ! Hihihihihi ha ! Hiiiii ! Tu me chatouilles !

Soudain sorti de sa réflexion par les cris de plus en plus aigus du musicien, le roi accourut au bord du trou, pris par la peur de s'être trompé, et que des vrais loups s'y trouvent et soient en train de dévorer son ami. Après tout, avec Dame Flamboyante, on pouvait même s'attendre à cela !

— Qu'est-ce qui se passe ? dit-il d'une voix inquiète. Ça va, Bachaendel ?

— Oui-hi-hiiii ! Mais arrêêêête ! Sire, il y a le plu-hu-hus petit des loups qui n'arrête pas de me lécher. Hihihihihiiiii !

Louis sourit de soulagement. Ouf ! On allait pouvoir procéder. Il avait tressé une corde avec les racines. Il fit un nœud coulant dans la corde.

— Écoutez, dit-il à son ami. Maintenant je vais vous lancer une corde. Vous allez l'attacher autour du corps du petit loup. Je vais le remonter. Ensuite, on verra si on peut remonter l'autre.

— Mais, Sire, fit Bachaendel d'une voix effrayée, il est très gros, l'autre loup. Celui-là, il va peut-être me croquer au lieu de me lécher.

— Écoutez, Bachaendel, s'impatienta Louis. Là, vous commencez à m'énerver avec vos peurs. Ça suffit ! Prenez la corde et remontez, je vais m'occuper des loups.

— Mais… protesta le musicien.

— Ça suffit ! Arrêtez de pleurnicher et faites ce que je vous dis. C'est un ordre.

— Oui, Majesté, répondit piteusement Bachaendel.

Louis jeta la corde dans le trou. Et en reniflant, sous les regards attentifs des deux loups, le gros et le petit, Bachaendel se glissa dans le nœud coulant puis tira sur le corde pour signifier qu'il était prêt. Le roi le hissa, le musicien l'aida en s'accrochant des mains et des pieds aux parois du trou, et le tour fut joué. Les loups avaient suivi toute l'opération attentivement, sans proférer un son, comme s'ils comprenaient parfaitement ce qui se passait.

— Bon, dit le roi. Maintenant, mon ami, passez-moi la corde. Je vais descendre.

Le musicien n'osait plus dire un mot, tellement le visage du roi montrait de la détermination. Il lui tendit le bout de la corde avec le nœud coulant et attacha solidement l'autre bout à un arbre. Louis descendit dans le trou.

Manifestement, les loups l'attendaient. Ils agitèrent leurs queues dès qu'il toucha le sol. Le roi se mit à leur parler doucement.

— Alors, les loups, dit gentiment le roi. On va vous sortir de ce trou, d'accord?

Le grand loup se lécha les babines et le petit jappa. Tous les deux regardaient Louis, qui était maintenant tout à fait sûr qu'ils le comprenaient très bien. C'étaient, manifestement, des loups plus malins que des bêtes ordinaires. Leurs yeux montraient une intelligence presque humaine. Presque humaine? Louis eut une idée.

— Seriez-vous des Loups-garous, par hasard? demanda-t-il.

Les deux bêtes agitèrent follement leurs queues en jappant. Oui… Le roi se rappelait avoir entendu Dame Flamboyante se vanter d'avoir transformé l'un de ses opposants en Loup-garou. Il risqua une autre question.

— Auriez-vous été victimes d'un sort, par hasard? continua-t-il.

— Waouf! firent les Loups-garous.

— De la part d'une Bonne Fée? poursuivit le roi.

— Waouf! répétèrent les Loups-garous.

— Oui… dit enfin Louis. C'est ce que je pensais. Bon, on va vous faire sortir d'ici. Viens, petit. Je vais passer la corde autour de ta poitrine. Cooooomme ça. Voilà. N'aie pas peur.

Le grand Loup-garou grogna sourdement.

— Ne vous inquiétez pas, père Loup-garou, répondit Louis. Il n'y a pas de danger. Tout ira bien.

Le roi donna un petit coup sur la corde et Bachaendel tira. Les pattes toutes raides, les oreilles aplaties, le petit Loup-garou fut remonté, détaché, et la corde fut renvoyée dans le trou.

— À vous, maintenant, dit Louis au grand Loup-garou.

Celui-ci vint se placer pour que le roi puisse lui passer la corde autour du corps. Le signal fut donné et le musicien tira. Mais le grand Loup-garou était pas mal plus lourd que le petit! Louis dut lui pousser le derrière pour l'aider à remonter! Mais, finalement, grâce aux efforts des deux humains et du petit Loup-garou qui, lui, aussi, tirait sur la corde en poussant des petits grognements, on réussit à faire sortir la bête du trou. Ensuite, une fois la corde redescendue, ce fut un jeu d'enfant pour Louis d'escalader la paroi.

Dès qu'il fut à l'air libre, le Louveteau-garou se mit à lui aboyer frénétiquement dessus, sautant autour de lui, le grattant avec ses griffes, aboyant encore, sautant toujours. Le grand Loup-garou, lui, s'était assis sur son derrière et regardait le roi avec insistance.

— Sire, murmura le musicien d'une voix mal assurée, on dirait qu'ils essaient de vous dire quelque chose!

15

Un plan ingénieux

Tandis que Louis et Bachaendel secouraient Belle d'Amour et Barbe Douce (sans savoir que c'étaient eux, ne l'oublions pas), Benjamin, Léanne et les autres enfants avaient entendu l'histoire la plus étonnante qui soit : celle de Grosspafine. Et tous s'accordaient sur deux choses. De une, c'était une histoire vraiment abracadabrante ; de deux, c'était une histoire terriblement triste.

— Comment peut-on faire ça à des zens ? dit Léanne, qui était en train de se mettre en colère. Pauvre Grosspafine ! Perdre ses parents comme ça, puis être oblizée de vivre en cacette...

— Ces Bonnes Fées-là, c'est des Vilaines Fées, dans le fond, dit Benjamin. Elles imposent à toute la population leur façon à elles de voir les choses et ne tolèrent pas la différence. Il faut faire quelque chose, il faut les arrêter.

— Mais comment? dirent les enfants. On est juste des enfants!

— Et moi? dit Grosspafine. Je ne peux pas faire quelque chose?

Benjamin allait poser les yeux sur elle et lui dire que non, elle ne pourrait rien faire, désolé, quand il eut soudain une idée lumineuse.

— Mais oui! s'écria-t-il, mais oui! Oui, Grosspafine, tu peux nous aider! Ah! Ah! Ah! Écoutez vous autres, on va servir à Dame Flamboyante sa propre médecine!

Et il leur expliqua son plan, que les enfants et la Sorcière trouvèrent génial. Il s'agissait, en fait, de rien de moins que d'attraper la reine des Bonnes Fées et de lui imposer une façon d'être. De l'obliger à se comporter contre sa nature de Bonne Fée. En fait, et cela faisait bien rire les enfants, on allait lui apprendre les «mauvaises manières».

— Mais comment est-ce qu'on va faire pour l'attraper? dit Léanne.

Benjamin fit un sourire en coin.

— C'est là que Grosspafine peut nous aider, répondit Benjamin. Elle va servir d'appât.

— Un appât? Qu'est-ce que c'est? demandèrent les enfants.

— Je le sais, moi, dit la petite Mia, c'est quand je vais à la pêche avec ma grand-mère, c'est le ver de terre qu'on accroche à l'hameçon, puis là le doré il a faim, puis là il voit le ver de terre, mais il le sait pas qu'il y a un hameçon après, puis là il vient manger le ver de terre, puis il reste pris sur l'hameçon, puis là il faut tirer fort, fort et après on a un beau doré pour souper!

— Eurk! Je veux pas manger de la Bonne Fée pour souper, moi! Si c'est ça, je joue pas, dit Léo en faisant la grimace.

— Hi! Hi Hi! fit Benjamin, ne t'inquiète pas, Léo. On ne mangera pas Dame Flamboyante pour souper. Mais Mia a raison: un appât, c'est ce qui sert à attraper un poisson. Écoutez: on va s'arranger pour que la Flamboyante apprenne qu'il y a une sorcière qui se cache ici. Elle va vouloir l'attraper pour l'envoyer à l'École des Bonnes Manières. Mais nous, on sera là. On va se cacher, et quand elle va venir chercher Grosspafine, BANG! on va lui sauter dessus et on va l'attacher.

— Il y a un problème, dit Léanne.

— Comment ça, un problème? dit Benjamin, vexé. Il n'est pas correct, mon plan?

— Voyons, ne te fâce pas. C'est un très bon plan. Le seul problème, c'est que Dame Flamboyante ne va zamais en personne cercer les zens: elle envoie touzours ses gardes à sa place.

— Oups! C'est vrai, avoua Benjamin. Je n'avais pas pensé à ça. Il faut trouver le moyen de la faire venir toute seule.

Pendant un moment, on n'entendit plus dans la chaumière que le bourdonnement des grosses mouches bleues et le pétillement d'un liquide jaunâtre qui fermentait dans un pot couvert de moisissures. Tout le monde réfléchissait très fort. Et finalement, à la grande surprise de tous, ce fut Grosspafine qui trouva la solution.

— Je l'ai! On va lui envoyer un message et on va lui dire qu'il faut qu'elle vienne voir parce qu'on croit qu'il y a une Vilaine Sorcière mais qu'on n'est pas sûr. On va lui dire qu'il y a juste elle qui peut reconnaître une Vilaine Sorcière sans se tromper. Elle va mordre à l'hameçon, comme un bon gros doré ! Les Bonnes Fées adorent se faire complimenter : son orgueil va la perdre ! Hiiiiii ! Je vais me venger !

— Non, Grosspafine, dit sévèrement Benjamin. Il n'est pas question de se venger. La vengeance, ça fait du mal, c'est agir comme celui qui nous en a fait : ça nous rabaisse au même niveau. Non, moi, je crois qu'on doit simplement lui faire comprendre que ça n'a pas de bon sens de brimer les gens comme elle le fait. Comprends-tu, Grosspafine ?

— Ouais, ouais… fit la Vilaine Sorcière. D'accord… Mais mon idée est-elle bonne ?

— Très bonne, dit Benjamin. Tu as raison, c'est la seule manière d'attirer Dame Flamboyante. Grosspafine, tu veux écrire le message ?

Léanne dit qu'elle voulait bien s'en charger. Benjamin regarda la Vilaine Sorcière avec des gros yeux.

— Grosspafine, tu ne dis rien ? la gronda-t-il. Tu ne sais pas lire, c'est ça ? Ce n'est pas correct. Les autres, c'est normal, ils sont trop petits. Moi, je commence juste à me rappeler comment on fait. Mais toi, tu es une grande personne. Il va falloir que tu apprennes.

— Quoi ! se fâcha la Sorcière. Tu veux me montrer à vivre toi aussi ? Puis je sais lire à part de ça, j'ai été à l'école, imagine-toi donc. C'est juste que je manque de pratique pour écrire. Je fais trop de fautes. Et en plus, ça ne sert à rien.

— Non, non, dit Léanne en lui caressant l'épaule. Tu te trompes ! Savoir bien lire et écrire, ça donne aux zens plus de liberté !

— Comment ça ? bougonna Grosspafine.

— Parce que, quand tu sais lire, tu peux te renseigner sur plein de çoses, et après tu as des connaissances, et en plus ça aide à comprendre les zens qui sont différents de nous.

Grosspafine fit la moue, puis elle répéta qu'elle faisait trop de fautes en ajoutant qu'elle ne dessinait pas d'assez jolies lettres, et qu'on allait rire d'elle.

— Bon, alors on va t'aider à t'améliorer. Mais pour le moment, dit Benjamin, il faut s'occuper de madame la Bonne Fée. Toi, dit-il à Léanne, tu veux écrire ? (Léanne fit signe que oui en hochant la tête.) Merci beaucoup. Bon. Qu'est-ce qu'on lui dit ?

Les enfants se rapprochèrent et l'on se mit à discuter ferme.

Ce soir-là, Dame Flamboyante était loin de se douter de ce qui se tramait dans son beau royaume si bien ordonné… Elle était persuadée que Louis se trouvait bien enfermé dans sa tour, que la petite tannante était partie pour toujours faire le Loup-garou dans la Forêt Profonde, que le petit tannant ne se souvenait plus de rien et que la dernière Vilaine Sorcière de la contrée allait être bientôt attrapée. Mais nous savons bien, nous, qu'elle se trompait sur toute la ligne !

Cependant, elle avait l'esprit tranquille, et elle se berçait dans sa chambre, près de la cheminée, en tricotant un châle de laine pour sa tante préférée, qui était très frileuse. Parce qu'elle n'était pas réellement méchante, la belle dame à la chevelure de feu ! En fait, elle était même gentille avec ses amis et ceux qui lui étaient proches. Elle rendait des services, demeurait toujours polie, disait merci et s'il vous plaît, cédait son siège aux personnes âgées, aux malades et aux femmes enceintes, chatouillait le menton des petits bébés... Vous savez, personne n'est jamais complètement bon ou complètement mauvais...

Donc, elle se berçait en chantonnant la Chanson Officielle, tout en agitant ses aiguilles à tricoter, une maille à l'endroit, une maille à l'envers...

— Il était un petit royaume, fredonnait-elle, il était un petit r...

— CRASH ! Bang ! Cligneligneling !

Elle se leva d'un bond et lâcha son tricot qui tomba par terre avec un petit cliquetis.

— Qui est là ? demanda-t-elle d'une voix qu'elle voulait ferme.

Personne, évidemment, ne répondit. Elle s'approcha de la fenêtre. Cric, crac, elle marcha sur le verre brisé de la vitre, ploc, son pied buta contre quelque chose qu'elle s'empressa de ramasser. C'était une pierre enveloppée dans du papier. Elle défit la cordelette qui maintenait le parchemin. Un message ! Vite, elle s'approcha du foyer pour le lire à la lueur des flammes.

«Madame,

Je vous livre ici une information de la plus haute importance. Je crois qu'une Vilaine Sorcière se cache parmi nous au village. Cependant, je ne suis pas certain de mon fait, aussi je vous demande expressément de m'aider à la démasquer, si c'en est une. Vous seule avez l'expertise nécessaire à une telle entreprise. Le soir, à minuit sonnant, cette femme se rend à l'orée de la Forêt Profonde pour je ne sais quelle manœuvre magique. Elle fait de grands signes vers la lune. S'il vous plaît, rejoignez-moi ce soir derrière la grosse pierre debout, près du chemin des Quatre-Coins. Je vous conduirai à cette créature et, si vous croyez que c'est une Vilaine Sorcière, nous la ferons enfermer. Je vous prie de détruire ce message et de n'en parler à personne, car j'ai très peur de la Vilaine Sorcière. On ne sait jamais ce que ces gens-là peuvent faire, n'est-ce pas ? Je vous attendrai ce soir à minuit près de la grosse pierre debout. Bien à vous, votre très dévoué,

Léandre Benji»

Dame Flamboyante chiffonna lentement le parchemin, le serra un instant dans son poing fermé, puis le jeta dans le feu. Elle était tellement obsédée par sa chasse aux Vilaines Sorcières qu'elle ne fit même pas le lien entre la signature au bas de la lettre et les prénoms modifiés de Benjamin et Léanne. Léanne, c'était normal, elle ne la connaissait pas vraiment, mais Benjamin... elle aurait dû y penser! Sa haine l'aveuglait! À cause de l'encre utilisée par Léanne, une flamme verte s'élevait du foyer pour éclairer le visage de la Bonne Fée. Une expression mauvaise se dessinait sur ce visage.

— Encore une Vilaine Sorcière? marmonna-t-elle. Est-ce la même que celle dont m'a parlé le petit tannant, ou bien en est-ce une autre? Peu importe! On croit m'échapper, hein... Mais personne n'échappe à Dame Flamboyante! Ah! Ah! Ah! Que ce soit celle-là ou une autre, je vais l'attraper moi-même!

Et, après avoir enfilé sa grande cape grise, elle sortit dans la nuit pour se rendre à son rendez-vous maléfique.

16

Tout s'explique

Il était minuit moins cinq. Les tours du château se dessinaient en noir, éclairées à contre-jour par la pleine lune ronde comme un fromage. Dans la pénombre des ruelles étroites du petit village, une silhouette sombre avançait furtivement. Cric-cric-cric-cric, faisaient ses pas sur la neige durcie. Mais qui était-ce donc?

Mais oui, c'était Dame Flamboyante, vêtue de sa grande cape grise, qui se rendait au rendez-vous fixé par Léanne, Benjamin et les autres. Si on avait pu voir sous le grand capuchon, on aurait aperçu le sourire cruel qui barrait son visage. Elle se disait, tout en marchant d'un pas rapide, qu'elle était bien chanceuse d'avoir des villageois aussi fidèles qui dénonçaient quiconque ne respectait pas les lois. Une Vilaine Sorcière, pfff! Elle avait été assez dérangée comme ça. Elle allait lui apprendre les bonnes manières, à celle-là aussi, tiens!

Les enfants, eux, étaient déjà arrivés à la pierre debout. En catimini, ils étaient sortis du lit vers onze heures trente, ils avaient revêtu leurs habits de neige en silence et avaient quitté leurs maisons sans réveiller leurs parents, non sans avoir placé des oreillers sous les couvertures, au cas où un papa ou une maman aurait eu envie de regarder dormir son enfant. Ils étaient cachés un peu partout, derrière les arbres, les rochers, les piles de rondins laissées par les bûcherons de la Forêt Profonde. Tous étaient munis de cordes. Grosspafine seule était à découvert, faisant semblant de chanter des formules magiques au clair de lune. Vous pensez bien que l'attente était difficile! Il ne fallait pas faire de bruit du tout, mais tout le monde était surexcité: on devait se retenir bien fort pour ne pas rire ou pousser des petits cris d'excitation. On ne pouvait pas trop bouger non plus, malgré le froid qui engourdissait les orteils et les doigts. Mais les enfants étaient tellement décidés à en finir avec cette loi absurde qui rendait les gens tous semblables et la vie si monotone, qu'ils arrivaient à se contenir et à rester à peu près immobiles et silencieux dans leurs cachettes. Pour quiconque aurait été assez attentif, seule la petite buée blanche qui s'échappait de leurs bouches à cause du froid aurait pu les trahir.

Pendant ce temps, dans la Forêt Profonde, non loin de l'endroit où les enfants et Grosspafine attendaient Dame Flambloyante, une étrange troupe se frayait un chemin à travers fourrés, broussailles et bancs de neige. Il y avait là un jeune homme blond, qui marchait bien droit devant les autres : c'était manifestement le chef de la bande. Derrière lui, à la queue leu leu, avançaient péniblement neuf autres personnes : une jeune femme aux yeux tristes, un monsieur aux vêtements colorés tout sales et délavés, deux dames qui se ressemblaient comme des sœurs, une famille comprenant un papa, une maman, une petit garçon et une petite fille, et enfin un jeune homme qui chantait. Mais le plus surprenant, dans cette drôle de troupe, c'étaient les créatures qui fermaient la marche. Il s'agissait de rien de moins que de deux loups ! Oui, oui, des loups ! Un gros et un petit, qui trottaient derrière, reniflant ici et là. Il arrivait parfois que le grand loup prenne les devants, comme s'il voulait montrer le chemin, puis il retournait vite derrière pour s'occuper du petit, envers lequel il manifestait beaucoup de tendresse.

Vous aviez deviné de qui il s'agissait ? Bien sûr. Le roi Louis, madame Papillon, monsieur Perroquet, les sœurs Pouce-Vert, la famille Joue-Rouge, Bachaendel Vivhaydn, Barbe Douce et Belle d'Amour s'en venaient, eux aussi, dans la direction de la pierre debout, près du chemin des Quatre-Coins ! En fait, ils n'avaient pas tellement le choix : c'était là que menait le seul chemin qui traversait la Forêt Profonde. Quelle surprise ils allaient avoir !

Justement, comme ils commençaient à percevoir les rayons lunaires à travers les branchages de moins en moins denses de la Forêt Profonde, Louis, un doigt sur la bouche, leur fit signe de s'arrêter et de garder le silence.

— Qu'est-ce qu'il y a ? murmura Bachaendel.

— Chhhhhhut ! Écoutez ! répondit simplement Louis.

Ils s'accroupirent derrière un banc de neige et tendirent l'oreille. Et plus ils écoutaient, plus leurs yeux s'agrandissaient.

— Lâchez-moi ! hurlait une voix furieuse. Vous n'avez pas le droit ! Je vous ferai enfermer dans les oubliettes !

— Mais non, répondit calmement une autre voix. Nous ne vous libérerons pas tout de suite. Mais ne vous inquiétez pas, nous n'allons pas vous faire subir un sort aussi cruel que celui que vous réservez à vos pauvres victimes. Nous allons seulement vous obliger à nous écouter.

Dans les fougères, le petit Loup-garou s'était mis à gémir et à s'agiter dès qu'il avait entendu la deuxième voix. Il geignait, gigotait, se débattait, se tortillait, tellement qu'il finit par s'extirper des pattes du grand Loup-garou qui l'avait maintenu tant bien que mal jusque-là. Et, impuissants, les autres virent détaler une petite fusée de fourrure grise qui galopa, galopa, sautant par-dessus les congères, jusqu'à l'endroit d'où provenait cette voix aimée.

Benjamin, car c'était à lui qu'appartenait la voix qui avait tant énervé le petit Loup-garou, ne vit rien venir. Un instant il était debout, l'index sévèrement pointé vers la Fée que les autres enfants avaient immobilisée et maintenaient fermement, et la seconde d'après il était sur le derrière, une boule de poils gris lui léchant frénétiquement le visage et poussant de petits gémissements plaintifs.

— Hééééé ! s'écria-t-il. Mais qu'est-ce que... Oh ! Oh ! Belle d'Amour ! C'est toi ?

Le petit Loup-garou émit un jappement aigu.

— Oh ! dit Benjamin. Je me souviens maintenant ! Oui, oui !

Alors Benjamin repoussa doucement Belle d'Amour par terre, se releva et se tourna lentement vers Dame Flamboyante, toujours prisonnière des enfants qui prenaient très au sérieux leur travail de gardiens. Il était très en colère.

— Tout est de votre faute, espèce de fausse Bonne Fée ! s'écria-t-il. Vous rendez-vous compte de tout le mal que vous avez fait ?

— Mais je ne fais pas de mal, protesta Dame Flamboyante. Au contraire ! Regardez comme tout est ordonné dans ce royaume ! Jamais d'imprévu, donc jamais d'inquiétude. Jamais de surprises, donc jamais d'angoisses. Jamais de différences, donc jamais de jalousie. Tout le monde est égal. Tout est en ordre, en ordre, en ordre!!!!

Elle avait littéralement hurlé ces derniers mots.

— Voyons, Madame, contenez-vous un peu, dit une belle voix grave qui provenait des arbres.

Tous se tournèrent vers la Forêt et virent déboucher l'étrange procession fermée par un grand loup gris. L'homme qui marchait devant, le plus grand et le plus beau du groupe, se tenait bien droit, la tête haute, et regardait dans les yeux celle à qui il venait de s'adresser de sa belle voix noble.

— Alors, Dame Flamboyante, ne me reconnaissez-vous pas?

— Lou... Louis? s'étrangla la Bonne Fée.

— Lui-même, Madame. Celui que vous avez maintenu artificiellement en état d'enfance pendant des années afin de conserver votre pouvoir.

— Co... co... comment? fit-elle.

— Peu importe comment, Madame, répondit Louis. Mais tôt ou tard les enfants grandissent et deviennent des grandes personnes, et alors c'est à eux de décider pour eux-mêmes.

— Qu'allez-vous faire de moi? demanda piteusement Dame Flamboyante.

Le grand loup grogna, ce qui la fit frissonner. Louis lui fit signe de rester tranquille. Il s'avança vers Benjamin à qui il serra chaleureusement la main. Le petit garçon, les yeux écarquillés, n'en revenait pas d'être ainsi devant le roi, le vrai roi qui lui serrait la main! Il voulut faire la révérence, mais Louis l'en empêcha.

— Benjamin, lui dit-il, je suis toujours le même Louis, ton ami, celui que tu as aidé à se sortir des griffes des méchants. Relève-toi. Lorsque tout cela sera fini, je te ferai chevalier. Tu prendras des cours avec mon maître d'armes. Et quand tu seras assez grand, tu pourras venir avec moi habiter au château pour me servir de garde personnel et de conseiller spécial.

— Sire, c'est trop! dit Benjamin.

— Mais non, c'est bien peu en comparaison de tout ce que tu as fait, toi! (Le petit loup jappa.) De ce que vous avez fait, Belle d'Amour et toi! Et maintenant, ajouta-t-il en regardant à nouveau la Bonne Fée dont l'expression montrait bien qu'elle avait compris que son règne était fini, vous allez nous expliquer d'où vous vient ce si grand besoin d'ordre, ma chère. Nous verrons ensuite ce qu'il convient de faire de vous.

— Tout ça, c'est la faute des Vilaines Sorcières ! s'écria-t-elle en pointant Grosspafine, qui lui fit une horrible grimace. Oh ! Elle m'a fait une grimace ! Ce n'est pas poli ! Pas poli ! Bouhouhouuu !

— Voyons, Dame Flamboyante, dit doucement Léanne qui lui maintenait le bras droit, calmez-vous. On ne va pas vous faire de mal. On veut zuste comprendre pourquoi vous faites des çoses comme ça. Vous faites du mal à beaucoup de zens, vous savez.

— Moi, snif ! faire du mal ? dit la Bonne Fée. Mais je ne veux pas faire du mal, moi ! Snif ! Sauf qu'il faut être dur parfois. Même si les gens ne se rendent pas compte que c'est pour leur bien, il arrive qu'on doive les punir ou les empêcher, coûte que coûte, de faire certaines choses. Il faut être sévère, même avec les gens qu'on aime, même avec sa famille si nécessaire Tout ce que j'ai fait aux gens, c'était pour leur bien ! Pour leur bien !

— Votre famille ? dit Léanne. Zustement, où est-ce qu'ils sont, vos parents ? Avez-vous des frères ou des sœurs ?

— Mes parents ? renifla Dame Flamboyante. Mes frères, mes sœurs ? Ne m'en parlez pas. C'étaient des brutes ! Ils me tourmentaient, ils riaient de moi, ils…

Et c'est ainsi que, devant les enfants ébahis et les deux Loups-garous pantelants, la Bonne Fée aux cheveux de feu raconta son histoire, s'arrêtant parfois pour se moucher parce qu'elle pleurait sans arrêt. L'on apprit que, toute petite, elle avait été une enfant sérieuse. Trop sérieuse au goût de sa famille. D'abord, elle lisait presque tout le temps. Elle lisait de gros livres scientifiques avec des mots longs comme ça, des traités de philosophie, des tragédies grecques. Elle écoutait aussi de la musique, mais elle n'aimait que la musique sérieuse. Par-dessus tout, elle savait en toute circonstance se tenir dans la plus parfaite maîtrise de tous les codes du savoir-vivre. Jamais elle ne mettait ses coudes sur la table ou ne parlait la bouche pleine. Jamais elle ne s'abaissait à péter en public (elle allait à la salle de bains si l'envie lui en prenait). Jamais elle ne portait un vêtement sans qu'il soit impeccablement nettoyé et repassé… Vous pouvez imaginer tout le reste. Mais il y avait un hic. Et ce hic, c'était sa famille. Devinez qui était sa famille ?

Des Vilaines Sorcières ! Oui ! Des Vilaines Sorcières qui étaient bien découragées d'avoir une enfant aussi étrange. Les parents se désolaient, la punissaient peu, se disaient qu'elle allait bien finir par revenir à la réalité. Mais ses frères et sœurs, eux, la traitaient comme un monstre. Ses frères cachaient des crapauds dans son lit, mettaient de la bave de chauve-souris dans son tube de pâte à dents, vaporisaient de l'odeur de moufette dans son tiroir à sous-vêtements. Ses sœurs, elles, salissaient et froissaient ses robes, lui emmêlaient les cheveux durant son sommeil, mettaient des brins de paille dans sa brosse, écoutaient à tue-tête de la musique rock and roll... Bref, sa famille lui rendait la vie infernale juste parce qu'elle n'était pas comme les autres.

Quand Flamboyante grandit et qu'elle alla à la polyvalente, elle fit la connaissance d'autres jeunes Vilaines Sorcières qui, comme elle, préféraient l'ordre au désordre, la propreté à la saleté, le sérieux au comique, le savoir-vivre au laisser-aller... Ensemble, elles formèrent d'abord un club. Elles pouvaient, de cette façon, partager ce qui les rendait malheureuses dans leurs familles respectives. Ensuite, elles grandirent encore, devinrent des adultes, allèrent à l'université… Et surtout, grâce à leur sens de la discipline, elles purent apprendre des sorts très difficiles et complexes, et ainsi devenir de redoutables magiciennes. Puis le reste se fit presque tout seul. Comme elles avaient beaucoup de pouvoirs, celles qui se désignaient maintenant sous le nom de Bonnes Fées prirent la décision de redonner un peu de brillance à leur royaume où tout était si désordonné. C'est ainsi qu'elles firent disparaître le roi et la reine, et qu'elles nommèrent roi leur petit garçon. Au début, elles voulaient seulement que Louis demeure un enfant quelque temps, juste le temps de mettre en ordre le royaume. Mais Flamboyante, privée si cruellement durant son enfance du calme et de l'ordre qu'elle aimait tant, ne put se résoudre à lui rendre le pouvoir et à ouvrir la porte, peut-être, au retour du désordre. Elle convainquit les autres de rééduquer toutes les Vilaines Sorcières, même si pour cela il fallait garder Louis prisonnier de son enfance pendant de nombreuses années. Cela fonctionna jusqu'à ce que Barbe Douce proteste contre les méthodes de l'École des Bonnes Manières, trop cruelles à son avis. Il disait que ce qu'on faisait là, c'était aussi grave que ce qu'elles, les membres des Bonnes Fées, avaient subi étant petites. Il voulait qu'on libère les parents de Louis, qu'on gardait enfermés dans la cave de l'École des Bonnes Manières. Mais Dame Flamboyante, ainsi qu'elle se faisait appeler désormais, ne voulut rien entendre. Elle était aveuglée par le pouvoir. Elle abusait maintenant de ce pouvoir qui la grisait. Elle transforma Barbe Douce en Loup-garou et se mit à emprisonner quiconque ne voulait pas se conformer aux lois qu'elle édictait, et qui obligeaient tout le monde à avoir les mêmes goûts qu'elle. C'était comme...

— C'était comme si je me vengeais de ma famille sur les habitants du royaume, termina-t-elle avant d'éclater en sanglots.

Sans s'en rendre compte, les enfants avaient relâché les liens qui la tenaient et l'entouraient maintenant pour la consoler tendrement. Dame Flamboyante pleurait, pleurait comme une toute petite fille. Elle pleura longtemps dans la nuit, et tous les gens présents la laissèrent pleurer, parce qu'ils savaient qu'elle en avait vraiment besoin. Puis doucement, les sanglots se calmèrent. Louis s'approcha d'elle et lui prit la main.

— Belle Dame, dit-il d'une voix douce, que de souffrance il y a en vous. Effaçons le passé. Recommençons, apprenons à notre peuple à respecter, à aimer les différences, à fêter la diversité ! Soyons sérieux ou farceurs, extravagants ou calmes, qu'importe ! L'arc-en-ciel, pour exister, n'a-t-il pas besoin de toutes les couleurs ?

Tout le monde applaudit à ces paroles. Même Dame Flamboyante était d'accord. Elle sécha ses larmes et on la détacha. Barbe Douce et Belle d'Amour furent rendus à leur forme humaine.

Dès le lendemain, le royaume recommença à prendre des couleurs. Les parents de Louis furent libérés, les gens se remirent à décorer leurs maisons et à chanter des chansons, folles ou sérieuses, à leur convenance. Dans les semaines qui suivirent, Flamboyante fit découvrir à Louis les grandes œuvres de la musique classique et celui-ci lui montra à aimer le rock and roll. Ils firent des bonshommes de neige et des glissades, dansèrent la java, mangèrent du spaghetti au beurre de pinottes et des galettes à la mélasse. Ils avaient, même s'ils étaient très différents l'un de l'autre, bien du plaisir à se trouver ensemble. Et, puisque Dame Flamboyante avait vingt ans pour toujours grâce à sa magie, ils avaient le même âge…

On décréta que, chaque année, il y aurait au début de l'été un festival appelé : Les Fêtes de la Différence. Et savez-vous quoi ? L'année suivante, à la pleine lune, au beau milieu des Fêtes de la Différence, un mariage fut célébré au pied de la pierre debout. Les enfants du village tenaient l'interminable traîne de l'éblouissante robe de la mariée, dont les cheveux roux flamboyaient dans la nuit. Benjamin, vêtu d'une armure toute neuve, confectionnée spécialement à sa taille par le forgeron du village, se tenait aux côtés du marié couronné, prêt à tendre l'anneau. Une petite bouquetière aux cheveux et aux yeux noirs, également vêtue d'une armure à sa taille et accompagnée de sa maman toute brune et de son papa barbu, assistait aussi à la cérémonie, les yeux remplis de larmes de joie : c'était Belle d'Amour, bien sûr, qui était devenue chevalière comme Benjamin. De chaque côté des mariés se tenaient une dame et un monsieur souriants : les parents de Louis. Et, juste derrière Barbe Douce, une grosse dame aux cheveux mal peignés, qui tenait dans ses bras un chat jaune à l'air maussade, souriait de toutes ses dents cariées. Pour l'occasion, Grosspafine avait pris son bain et s'était brossé les dents. Elle sentait même presque bon ! Bachaendel Vivhaydn, non loin, jouait du violon, les yeux clos de bonheur. Et quand il eut fini de jouer la marche nuptiale de Mendelssohn, un tonnerre d'applaudissements s'éleva jusqu'au ciel étoilé, ponctué de cris joyeux :

— Vivent les mariés ! Vive le roi Louis ! Vive la reine Flamboyante ! Vivent les amoureux ! Vive le royaume de Passilouin ! Hip ! Hip ! Hip ! Hourraaaaaa !

Épilogue

Et la confiture de rêves, dans tout ça?

Eh bien, le fameux soir, à la pierre debout, après que Dame Flamboyante ait eu fini de se consoler de son gros chagrin, Grosspafine invita tout le monde chez elle pour le petit déjeuner du lendemain. Et puisqu'elle n'en avait plus besoin, elle partagea la confiture magique entre tous les enfants, qui purent ainsi retrouver leurs beaux rêves. Quant à notre amie Vilaine Sorcière, elle put recommencer à être elle-même et à se faire mijoter son plat préféré, le ragoût de limaces aux pissenlits. J'ai même entendu dire que certains habitants du village, à qui elle l'avait fait goûter, avaient beaucoup apprécié ce plat pour le moins surprenant !

Et madame Papillon, et les sœurs Pouce-Vert, et monsieur Perroquet, et Bachaendel Vivhaydn, et la famille Joue-Rouge ?

Madame Papillon retrouva un nouvel amoureux (qui n'était pas marin, celui-là) et, du même coup, son sourire. Les sœurs Pouce-Vert furent officiellement nommées Horticultrices du Royaume ; grâce à leur génie, Passilouin fut bientôt tellement renommé pour ses jardins fleuris que l'on vint de partout, et même du Japon, pour les admirer et les prendre en photo. Monsieur Perroquet se fit peintre en bâtiment, il avait une telle intelligence de la couleur qu'il se mit à en inventer de nouvelles, et très vite son talent fut reconnu à travers tout le pays, si bien que par ses bons soins le royaume fut bientôt le plus coloré du monde. Bachaendel Vivhaydn fut engagé par Louis et Flamboyante comme musicien attitré du château et, ainsi, il put passer le reste de ses jours à faire ce qu'il aimait par-dessus tout : de la musique. Enfin, la famille Joue-Rouge organisa les plus belles parties de glissades de toute la contrée, et chaque hiver on venait de très loin pour y participer.

Et le Grand Chambellan?

Hum, hum... Pour le Grand Chambellan, ce fut plus difficile, parce qu'il était rancunier. Très longtemps, il resta convaincu que tout ce qui était arrivé résultait d'un complot visant tout bonnement à lui faire perdre, à lui, la place privilégiée qu'il occupait auprès du roi. On avait beau lui expliquer que tout cela avait été fait POUR le royaume et non CONTRE lui, il n'y avait rien à faire : il boudait, remâchant sa colère et son amertume, fomentant des vengeances, méditant des mauvais coups... On le laissait faire parce qu'après tout il n'était pas si dangereux, et puis on comprenait que c'était au fond une grande tristesse qui le rendait ainsi. Le temps passa puis, un jour, il trouva dans un panier, devant sa porte, une petite boule de poils avec une carte. Sur la carte, il était écrit : « En gage d'amitié, ce petit présent. » Et c'était signé : Louis et Flamboyante. Quand il prit le petit animal dans ses bras, celui-ci se mit à lui lécher frénétiquement la figure en poussant des petits jappements de bonheur. Oui, oui, vous avez deviné ! C'était un petit chien ! En fait, il s'agissait plutôt d'une petite chienne, car le roi et la reine avaient décidé de réintroduire les chiens, ces joyeux compagnons, dans leur royaume. Et comme Flamboyante se rappelait que le Grand Chambellan n'avait jamais été bien d'accord avec l'histoire d'interdire les chiens, parce qu'il les aimait beaucoup, elle et Louis s'étaient dit qu'il serait sûrement la meilleure personne pour s'occuper de ces nouveaux amis. Et ils avaient eu raison. La petite chienne grandit, elle mit au monde des petits chiots, qui à leur tour grandirent, et ainsi de suite, et ainsi de suite. Le Grand Chambellan, que tout le monde appelait maintenant très affectueusement Papy Toutou, retrouva à son tour la joie de vivre en prenant soin de ses amis poilus.

Et c'est depuis ce temps que, dans ce pays pas si lointain, avec son château, son roi dedans et son village à côté, règnent la musique, la couleur, la fantaisie et – surtout, surtout ! – les rires des enfants.

Quoi ? Qu'est-ce que vous dites ?

Ah ! Bien sûr, j'oubliais...

Et Mia, Léanne et Léo, eux, que leur arriva-t-il ensuite ?

Eh bien, ce Noël-là fut sans doute le plus joyeux de leur vie. L'été suivant, Mia continua de pratiquer la pêche au doré avec sa grand-mère. À la fin du mois de juin, elle attrapa le plus gros poisson de toute l'histoire du royaume et sa photo parut dans le journal. C'est sa grand-maman qui était fière d'elle ! Léo renoua de plus belle avec sa passion pour les romans d'aventures et se mit à rêver de devenir un écrivain. Léanne fit passer une annonce dans le journal et offrit des leçons de savoir-vivre à tous ceux qui le souhaitaient. Puis, un beau jour, alors qu'ils se rendaient tous trois pêcher dans le ruisseau pour faire plaisir à Mia…

Ah ! Mais ça, c'est une autre histoire…

Remerciements

Les livres pour les enfants ne sont pas plus faciles à écrire que les autres. J'ai bénéficié, pour celui-ci, de l'aide de certains experts que je tiens à remercier ici.

Les enfants de l'école Arc-En-Ciel d'Alma, ceux qui étaient dans la classe de maternelle de madame Chantale en 2001, et qui m'ont prodigué de précieux conseils tout au long du processus d'écriture auquel ils ont participé activement. Chaque semaine, je leur lisais un chapitre de cette histoire que je leur livrais sous la forme d'un feuilleton. Ils ont été les premiers lecteurs de ce livre qui, même s'il a depuis subi quelques modifications, leur doit son existence. Merci à vous tous, je vous garde dans mon cœur.

Mon fils Benjamin, grand lecteur et critique solide, qui n'en laisse pas passer une. Son papa, qui comprend.

Mademoiselle Noémie Leymonerie, lectrice et critique, et sa tante Élaine-Marie Rouleau, qui m'ont fait l'honneur de me servir de cobayes.

Ma maman, qui m'a fait aimer écouter des histoires et en raconter à mon tour. Et aussi mon papa, qui en raconte des pas toujours racontables. Et mon petit frère, pour qui j'ai inventé mes premiers contes.

Pour le reste, je ne puis qu'envoyer plein de bisous à ceux qui me prennent comme je suis, avec mes couleurs, ma folie, ma petite musique. Je vous aime.

Table des matières

Alias agent 008
Alexandre Carrière

Le Calepin noir
Joanne Boivin

Le Chat du père Noé
Daniel Mativat

Clovis et le Grand Malentendu
Mireille Villeneuve

Clovis et Mordicus
Mireille Villeneuve

Le Congrès des laids
Lucía Flores

Crinière au vent
  1. Si j'avais un poney...
Katia Canciani

Des histoires à n'en plus finir!
Isabelle Larouche

Destination Yucatan
Alexandre Carrière

Drôle de vampire
Marie-Andrée Boucher Mativat

Du sang sur le lac
Laurent Chabin

L'École de l'Au-delà
  1. L'Entre-deux
  2. Le Réveil
Lucía Flores

L'Énigme du sommet Noir
Lucia Cavezzali

La Fenêtre maléfique
Sylvie Brien

Fierritos et la porte de l'air
Lucía Flores

Loup détective
  1. Le Fou du rouge
  2. L'Affaire von Bretzel
  3. Pagaille à Couzudor
Lili Chartrand

La Funambule
Maryse Rouy

L'Idole masquée
Laurent Chabin

M comme momie
Sylvie Brien

Les Mésaventures de Grosspafine
  1. La Confiture de rêves
Marie Christine Bernard

Mission Cachalot
Lucia Cavezzali

Mon royaume pour un biscuit
Francine Allard

Motus et les bouches cousues
Marie-Andrée Boucher Mativat

Le Mystère du moulin
Lucia Cavezzali

Opération Juliette
Lucia Cavezzali

Pas de pitié pour la morue !
Pierre Roy

Pas de pitié pour les croque-morts !
Pierre Roy

La Planète des chats
Laurent Chabin

La porte, les mouches !
Mireille Villeneuve

Le Sortilège de la vieille forêt
Ann Lamontagne

Le Trésor de Mordicus
Mireille Villeneuve

Une course folle
Cécile Gagnon

Une tonne de patates!
Pierre Roy